로크미디어가
유혹하는
재미있는 세상

ROK
MEDIA
로크미디어

KB121128

이것이 법이다

이것이 법이다 72

2019년 9월 18일 초판 1쇄 인쇄
2019년 9월 23일 초판 1쇄 발행

지은이 자카예프
발행인 이종주

총괄 김정수
경영 지원 배진경 임혜솔 송지유

기획 이기헌 왕소현 박경무 이승제
책임 편집 최전경

발행처 (주)로크미디어
출판등록 2003년 3월 24일
주소 서울시 마포구 성암로 330 DMC첨단산업센터 3층 318호, 319호
Tel (02)3273-5135 편집 070-7863-8592 **Fax** (02)3273-5134
홈페이지 rokmedia.com **E-mail** rokmedia@empas.com

ⓒ 자카예프, 2015

값 8,000원

ISBN 979-11-354-3711-3 (72권)
ISBN 979-11-255-9575-5 04810 (세트)

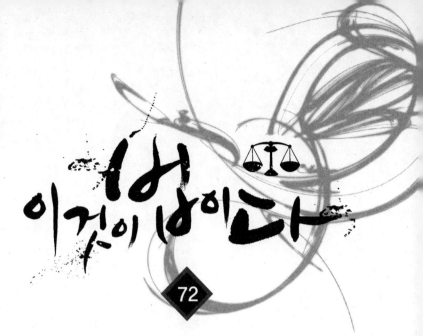

이것이 법이다

72

자카예프 장편소설

ROK
MEDIA

로크미디어

CONTENTS

난 한 놈만 팬다

부정도, 긍정도 하지 않는다.

그건 사람들의 상상력을 자극한다.

하지만 아무것도 확신할 수는 없다.

"CIA가 왜 부정도, 긍정도 하지 않는지 알아?"

노형진은 인터넷을 보면서 씩 웃었다.

그들이 퍼트린 소문은 무서울 정도로 사방에 퍼지고 있었다.

이미 그로 인해 직원들이 발끈하고 있다는 말도 들려왔다.

"비밀이라서?"

"아니. 그러면 무조건 부정하는 게 정답이지."

"어, 그런가?"

"그래."

무조건 아니라고 하면 사실 대부분 포기하고 아예 질문 자체를 하지 않게 될 것이다.

그런데 CIA는 부정도 하지 않는다.

"비밀을 지킴과 동시에 상상력을 자극하기 위해서야."

"어?"

"긍정은 할 수 없지. 정보 단체라는 특성상, 긍정했다가는 큰일 나는 정보도 있으니까."

"그런데?"

"하지만 아무것도 하지 않으면 인간은 알아서 생각하는 법이지."

"이해가 안 가는데."

손채림은 부정하는 것과 아무것도 하지 않는 것의 차이가 무엇인지, 도무지 이해가 가지 않았다.

사실 그런 건 일반인은 잘 모를 내용이니까.

"예를 들어 보자. CIA가 전 국민의 통화를 감시한다는 사실이 외부에 알려졌다고 해 봐."

"진짜야?"

"모르지."

"응?"

"모른다고. 그러한 정보는, 알 수도 없고 조사도 할 수 없는 사항이야. 그리고 그게 국민을 통제하지."

진짜라고 하면 아마 대통령 탄핵으로는 끝나지 않을 것이다.

부정을 한다면?

누군가는 믿겠지만, 누군가는 믿지 않을 것이다.

그리고 나중에 거짓말했다는 것이 드러나면 여럿 다칠 테고.

"하지만 아무것도 하지 않는다면?"

"아하! 자기가 보고 싶은 것만 보겠구나."

"그래, 그걸 노리는 거지."

누군가는 그 말을 믿을 테고, 누군가는 믿지 않을 것이다.

그리고 대부분의 경우 그러한 음모론에 신경 쓰는 사람들은 정부에 부정적인 이들이 많다.

"아주 간단하게 입에다가 재갈을 물리는 거지."

자기 검열.

한국도 자주 쓰는 방식이다.

처벌이나 불이익이 두려워서 스스로 움직이지 못하게 하는 것.

"지금도 마찬가지야."

노형진은 느긋하게 의자에 기대앉았다.

"나는 사장에게 부정도, 긍정도 하지 말라고 했어. 그러면 사람들은 어떻게 생각할까?"

"한주암 때문이라고 생각하겠지."

"그렇지."

노형진은 머리를 끄덕거렸다.

"하지만 그렇다고 한주암이 사장이나 우리한테 뭐라고 할 수는 없어."

마이스터는 그런 이야기를 한 적이 없으니까.

물론 소문이야 냈지만, 소문을 추적하는 것은 사실상 불가능하다.

작심하고 추적하면 알아낼 수도 있겠지만, 노형진이 인터넷에서 헛소문을 떠들었다가 체포당한 사람들과 다른 것은 인터넷 전문가가 있다는 것이다.

"추적해 봐야 쿠바 아이피밖에 더 나오겠어?"

그리고 쿠바에다가 정보 요청을 할 수는 없다.

외교 관계가 없으니까.

"소문은 아주 빠르게 돌아가지."

노형진은 씩 웃으며 말했다.

"그리고 난 한 놈만 팬다, 후후후."

⚖

한주암은 땀을 뻘뻘 흘리고 있었다.

"아닙니다. 그런 일은 절대 없습니다. 아니라니까요."

그의 사무실의 전화기는 불이 날까 걱정될 정도로 계속 울리고 있었다.

항의하는 사람들 때문에 바깥으로 나가지도 못할 정도였고, 심지어 창문과 입구는 썩은 계란과 똥물로 범벅이 되어

이것이 법이다

서 지독한 냄새를 풍기고 있었다.

"저거 청소라도 못 하나?"

한주암은 질색하며 코를 막았다.

하지만 비서관은 곤혹스러운 듯 고개를 흔들었다.

"저도 시도는 해 봤는데…….''

"그런데?"

"사람한테까지 계란과 똥물을 뿌립니다."

"으윽."

누군가 치우려고 하면 그 사람에게까지 똥물과 계란 세례를 한다는 것이다.

"젠장…… 미치겠네."

한주암은 죽을 것 같았다.

당장 제대로 업무를 볼 수 있는 수준이 아니었다.

정치는커녕, 동네에 나갈 수조차 없는 상황.

"이거 어떻게 된 거야?"

"아무래도 마이스터 쪽에서 작심하고 덤비는 모양입니다."

"아니, 왜 우리한테……!"

"아시지 않습니까?"

"끄응…… 망할, 나도 이용당한 거라고!"

그는 초선이다.

다선 의원들이 나서서 큰일 할 생각이 있느냐고 해서 좋다고 받아들인 것뿐이다.

사실 살짝 흔들면 저쪽에서 꼬리 말고 들어올 거라고 생각하긴 했다.

규모가 큰 재단도 아니니까.

게다가 그 대신에 자영업자 단체로부터 적지 않은 비밀 정치자금을 받을 수 있을 것 같으니 여러모로 이득이라고 생각했다.

하지만…….

'젠장…… 독이 든 사과였어.'

어쩐지 다선 의원들이 뇌물을 직접 받지 않고 자신을 거쳐서 받는 이유를 알 수 없었는데, 이제야 이해가 갔다.

"마이스터 쪽이랑 이야기해 봤어?"

"마이스터 쪽은 아직 답변이 없습니다."

"아, 미치겠네."

그가 맡은 지역구에서 가장 큰 기업이 망하기 직전이다.

그곳이 그 때문에 망했다는 사실이 드러나면 그가 아무리 날고뛰어도 못 버틴다.

"복수재단이랑 이야기해 봐."

"복수재단도 답이 없습니다. 일단 대표가 구속 상태라 할 말이 없다고…….”

"구속 좀 풀어 달라고 그렇게 부탁했는데 아직도 안 풀어 줬어?"

"네."

"아, 진짜 미치겠네."

자신이 나서서 이끈 건 사실이지만 이걸 통제한 건 다선 의원들이었다.

그들은 자신이 어떻게 되든 신경도 안 쓰고 복수재단과 마이스터에만 매달려 있다.

최소 수천억을 뜯어낼 수 있는 대상이라는 이유로 말이다.

"어쩌자는 거야?"

머리를 부여잡는 한주암.

쾅!

그 순간 문이 열리면서 덩치 큰 남자들이 들어왔다.

"이 새끼 어디 있어!"

"누구세요?"

"진정하세요!"

"진정? 진정? 씨발, 내가 진정하게 생겼어!"

눈깔이 뒤집어진 남자를 보면서 한주암은 등골이 오싹했다.

그가 무서워서?

아니다.

그가 여기에 올 이유가 없기 때문이다.

"조 사장님, 어쩐 일로?"

조강석.

이 지역을 대표하는 기업의 사장이다.

강석토건이라는 회사를 운영한다.

3천 명 규모의 성조화학과는 비교되지 않을 정도로 작은 곳이기는 하지만 직원이 천 명이나 되는, 지방 건설 업체치고는 상당히 건실한 기업이다.

그리고 자신의 후원자이기도 하고.

"이 새끼야!"

하지만 전과 다르게 그는 눈에 불을 켜고 달려들었다.

"켁켁! 조 사장님…… 진정, 진정하세요……. 제발 진정……."

"진정? 진정? 지금 네가 싸지른 똥 때문에 내가 망하게 생겼는데 진정하게 됐어!"

건설업 사장답게 무식하게 힘이 좋은 조강석은 한주암의 멱살을 잡고 들어 올렸다.

그러자 그걸 본 다른 직원들이 다급하게 매달렸다.

"아이고, 사람 죽습니다, 사장님!"

"너 죽여서라도 난 살아야겠다, 이 새끼야!"

패대기치자 바닥을 나뒹군 한주암은 켁켁거리면서 숨을 쉬려고 노력했다.

"헉헉헉헉."

그런 그에게 조 사장이 다시 달려들려고 하자, 사람들이 몸을 던져 뜯어말렸다.

"사장님, 진정하시라니까요."

"지금 진정하게 생겼냐고!"

"왜 그러십니까? 일단 이야기를 해 보세요!"

"이 바닥에서 무슨 소문이 도는지 알아!"

"뭔데요?"

"나랑 거래하면 죽인다는 소문이 돈단 말이다!"

"네?"

강석토건과 거래하면 퇴출이라니?

이해가 가지 않았다.

그 순간 비서는 등골이 오싹했다.

"설마! 하지만 사장님 회사는 주식회사도 아니지 않습니까?"

"주식회사가 아니라고 해서 내가 무슨 용가리 통뼈인 줄 알아!"

버럭 소리를 지르는 조강석.

그의 눈은 붉게 물들어 있었다.

"저 새끼 때문에 난 망했다고, 이 새끼야!"

얼마 전.

"안녕하세요. 서민인력입니다."

인사를 하며 고개를 푹 숙이는 남자.

그는 인력시장에서 멍하니 기다리고 있는 사람들을 보고 이리저리 인사를 건넸다.

"서민인력?"

"네, 서민인력의 고문 변호사 노형진이라고 합니다."

노형진뿐만이 아니었다.

수십 명의 사람들이 여기저기 돌아다니면서 명함을 건네고 있었다.

"허, 요즘 핫하기는 한가 보네."

"또 인력 회사야?"

"쯧쯧."

혀를 끌끌 차는 사람들.

그럴 수밖에 없다.

이 근처에서 대단위 공사가 벌어지면서 공사 인력이 많이 오자, 그들을 대상으로 돈을 벌기 위해 인력 회사가 우후죽순 생기기 시작했던 것이다.

"염병. 누구는 좆빠지게 치는데, 퉤!"

서민인력이라는 말에 누군가 침을 뱉으면서 짜증을 부렸다.

"힘드시죠?"

"힘들어? 좆같지, 뭐."

이들에게 인력 회사는 꼭 필요한 존재지만, 반대로 어떤 면에서는 좋아할 수 없는 대상이다.

그럴 수밖에 없는 게, 인력 회사는 사람을 보내 주고 대신에 앉아서 이들의 인건비 중 10%를 받아먹으니까.

"씨발, 누구는 좆빠지게 치는데 누구는 시원한 데 앉아서 꿀 빨고 있으니."

툴툴거리는 남자.

보통 인력 회사에서 백 명만 처리한다고 해도 하루에 100

만 원이 남는다.

보통 일당이 10만 원이니까.

그러면 한 달이면 무려 3천.

노형진도 그걸 알고 있다.

'그러니 다들 어이가 없어하지, 후후후.'

사실 하루 백 명만 보내는 곳은 아주 작은 곳이고, 큰 곳은 수백 명에서 수천 명도 처리한다.

기껏해야 직원 서너 명이 매달 수억씩 먹는 셈이다.

아니, 직원도 사실 월급쟁이니까 사장이 수억씩 처먹는 거다.

'웃긴 거지.'

그 이유는 간단하다.

인맥.

자기네 사람들을 쓰도록 할 수 있는 인맥이 있으니까.

'그리고 그게 약점이지.'

노형진은 씩 웃으면서 말했다.

"저희는 수수료가 1%입니다."

"응?"

"뭐라?"

다들 어리둥절했다.

수수료 1%, 돈으로는 천 원.

터무니없이 낮은 수수료다.

"고작 1%라고?"

"네, 그래서 서민인력입니다. 여러분들을 위해 일하는 곳이지요."

"허."

"저희 쪽으로 왔다가 공치시면 차비 조로 5천 원을 드립니다."

"뭐?"

몇몇 사람은 어이없어서 되물었다.

공치면 5천 원을 준다고?

하루 수수료가 천 원인데?

"지금 그게 무슨 말이야?"

"진짜야?"

"진짜입니다. 여기 명함."

노형진은 다시 명함을 건넸다.

"이게 무슨 일이야?"

"이야…… 이거 진짜 양심적이네."

"양심? 이건 양심적인 게 아니라 금방 망할 것 같은데?"

어이없어하는 사람들.

노형진은 그들에게 계속 명함을 건네며 돌아다녔다.

그렇게 며칠간 돌아다니고 나자, 사람들은 당연히 서민인력으로 몰려들었다.

한 달 일하면 잡부도 수입이 30만 원, 기술자의 경우 60만 원 넘게 차이가 나다 보니 다른 인력소를 갈 이유가 없었기 때문이다.

그러자 난리가 난 것은 인력소들이었다.

"이거 뭐야! 상도의도 없이! 지금 우리를 죽이겠다는 거야!"

사람이 없으니 장사가 되지 않고, 장사가 되지 않으니 그들의 수익도 바닥을 기었다.

어지간하면 인력소는 적자를 보지 않지만 지금은 적자를 볼 수밖에 없는 상황이 되어 버렸다.

당연히 인력소 사장들은 빡쳐서 서민인력으로 몰려갔다.

"너희 그러다가 죽어!"

언성을 높이는 남자들.

"왜요?"

노형진은 그들을 보면서 빙긋 웃었다.

"뭐?"

"왜 우리가 죽지요? 우리는 합법적으로 장사하고 있는데."

"허? 그걸로 먹고살려고?"

"먹고살 만하니까 하는 겁니다."

노형진은 코웃음을 치며 말했다.

"당신들 말이야……!"

분위기를 잡으면서 앞으로 나오는 남자들.

'그래, 그렇겠지.'

그냥 말로 안 되면 주먹을 쓴다.

그건 한국에서 목에 힘 좀 주는 사람들의 공통점이다.

하지만.

벌컥.

문이 열리면서 들어오는 남자들.

그들을 본 인력소의 사장들은 바짝 얼어붙었다.

검은 양복에, 손에 들린 3단 봉.

"하실 말씀 있습니까?"

"아니, 그게……."

아까와는 완전히 정반대의 상황이 되었다.

입구가 그들에게 막혀서, 나갈 수 있는 길은 없다.

자신들은 맨몸인 데 반해 저들은 무장한 상황.

더군다나 딱 봐도 저들은 전문적으로 무술을 배운 사람들이라는 티가 났다.

"왜, 저를 때리기라도 하실 거였나요?"

"아니요. 그럴 리가요."

바로 꼬리를 마는 남자들.

그들은 자신들을 에워싸고 있는 남자들을 보고 눈을 데굴데굴 굴렸다.

"아, 걱정하지 마세요. 특별한 일만 없으면 저들은 움직이지 않습니다."

"특별한 일……."

침을 꿀꺽 삼키는 사람들.

"저기, 저희도 먹고살아야 하니 상황을 좀 봐주시면……."

남자들은 아까와 다르게 조심스럽게 말했다.

확실하게 주객이 전도되었기 때문이다.

"싫은데요."

"네?"

"싫다고요. 왜 저희가 여러분들을 도와줘야 합니까?"

"아니, 그게 무슨 말씀이십니까?"

"저희도 사업하는 겁니다. 사업을 하는 사람이 라이벌 회사에 가서 살려 달라고 하면 살려 주던가요?"

"……."

"여러분들은 제 라이벌입니다. 제가 성장하려면 여러분들을 밟고 일어나야 하지요."

"허억!"

그 말은, 계속 이런 식으로 사업하겠다는 소리였다.

'이런 망할.'

그러면 자신들은 진짜 망하게 된다.

안 그래도 지난 며칠간 본 손해를 다 합하면 억 단위가 될 정도로 큰 상황.

하지만 노형진이 입은 피해라고는, 잠깐의 월세와 약간의 인건비 정도.

노형진은 1년이고 10년이고 버틸 수 있지만, 저들은 한 달 이상 버티는 것이 사실상 불가능할 것이다.

"이러면 상도의가……."

"저는 그런 거 신경 안 쓰는데요. 여러분들은 신경 쓰세

요? 그럼 여러분들이 경쟁 업체에 와서 깽판 치는 것도 상도
의에 맞는 일인가 보군요."

"······."

다들 아무 말도 하지 못하는 그때, 한 남자가 조심스럽게
입을 열었다.

"왜 이러는 겁니까? 사실 당신들이 이걸로 이득 보는 게
없는 걸로 아는데. 아니, 할수록 당신들도 손해잖아요. 그런
데 왜 이렇게까지 하는 겁니까?"

'눈치 빠르네.'

말을 꺼낸 남자를 보면서 노형진은 미소 지었다.

"한주암이라는 이름 아세요?"

"이런 써글······."

다들 똥 씹은 표정이 되었다.

한주암.

이 지역의 국회의원이다.

얼마 전에 그가 헛짓거리를 하는 바람에 성조화학이 망하
기 직전이라는 소문이 났다.

"아니, 그 문제는 그 사람이랑 풀어야지, 왜 우리한테 이
러세요!"

억울하다는 듯 외치는 남자들.

"당신들이 뽑았잖습니까?"

"네?"

"민주주의가 그런 거죠. 당신들이 뽑았으면, 그가 싸지른 똥도 당신들이 책임져야지요."

"그런 말도 안 되는……!"

"그게 민주주의예요. 그게 싫으면 제대로 된 사람을 뽑아 주시든가."

"아……."

차라리 자기들이 잘못한 거면 빌어서라도 해결하겠는데, 엉뚱한 놈들이 똥을 싸지른 바람에 그럴 수도 없다.

"제발…… 뭐든 하겠습니다. 이러지 마세요. 우리 다 죽어요."

"안 그래도 먹고살기 힘들어 죽겠습니다."

"당신들이 먹고살기 힘들면 노동자들은 벌써 다 죽었어야지요."

그들의 징징거리는 소리에 노형진은 피식 웃었다.

"여러분들에게는 그게 큰돈이죠? 마이스터에는 큰돈 아닙니다. 그 정도 자금은 분 단위로 들어옵니다. 그러니까 끝까지 해봅시다."

"헉!"

결국 최후의 선전포고가 나오자 무릎을 꿇고 매달리는 사람들.

"제발…… 부탁입니다! 시키는 대로 할 테니 제발 한 번만 용서해 주세요!"

"시키는 대로?"

"네! 시키는 대로 하겠습니다! 제발……!"

노형진은 미소를 지었다.

그리고 현재.

"그러니까, 마이스터 때문에 인력을 쓸 수 없다는 건가요?"

"그래, 이 새끼야!"

노형진이 인력소에 요구한 것은, 강석토건에 인력을 배당하지 말라는 것이었다.

강석토건은 한주암의 후원자임과 동시에 이 지역 서열 2위의 기업이다.

그제야 한주암은 마이스터가 뭘 노리는지 알아차렸다.

바로 이 지역 상권의 붕괴.

'이런 미친 새끼들!'

성조화학이 망하고 강석토건까지 붕괴되면, 이 지역 상권은 박살이 난다.

아니, 아예 도시 자체가 최악의 경기 침체로 들어갈 수밖에 없다. 그 두 곳에서 나오는 돈이 이 지역 예산의 60% 이상, 그리고 지역 상인들의 생존의 바탕이니까.

"너 지금 이거 어떻게 할 거야!"

정신이 아득해지는 한주암.

설마 자신을 죽이겠다고 이렇게 덤벼들 줄은 생각도 못 했다.

"이건 아닙니다. 아니에요."

"아니긴 뭐가 아니야!"

이미 인터넷에서 자신 때문에 마이스터가 빡쳤다고 소문이 파다한 상황.

당연히 이 지역이 박살 날수록 그 분노는 자신과 소속 정당에 쏠린다.

"나……중에…… 연락드리겠습니다."

"뭐? 뭐?"

"나중에 연락드릴게요!"

"야, 이 새끼야! 야! 너, 나한테 걸리면 뒈졌어! 알았냐! 알았냐고!"

조강석은 다른 직원들에게 끌려 나가면서도 소리를 고래고래 질렀다.

한주암은 입술을 깨물었다.

그리고 다급하게 전화기를 꺼내 들었다.

몰랐을 때야 어쩔 수 없었다 해도, 이유를 안 이상 마냥 당하고만 있을 수는 없었다.

'어떻게 해서든 해결해야 해. 어떻게 해서든.'

전화기를 쥔 그의 손이 바들바들 떨렸다.

⚖

"아주 지역 상권을 초토화시키는구나."

창문 너머 상가의 모습을 보던 손채림은 주변에 파리만 날리는 식당들을 보면서 한탄하듯 말했다.

작전을 시작한 지 채 이 주일도 지나지 않았다.

그런데 상권은 벌써 초토화되었다.

두 번째 기업이 휘청거린다는 소식에 사방에서 비명이 터져 나온 것이다.

노형진은 손채림의 그런 안타까운 말에 어깨를 으쓱했다.

결국 자신이 노렸던 부분이니까.

"그래야 한주암이 정신 차리지."

"그래도 그렇지, 참 인질의 규모가 어마어마하네."

"정치인들이 자주 실수하는 게, 자기들이 정치를 하는 기반이 국민들인 걸 잊어버린다는 거야. 하지만 기본적으로 정치인의 권력은 국민에게서 나오지. 국회의원은 기본적으로 국민이 뽑은 거니까."

노형진은 그렇게 말하면서 슬쩍 시계를 바라보았다.

"물론 몇몇 정치인들과 친하게 지내는 게 나쁜 건 아니야. 하지만 가끔 주제도 모르고 날뛰는 사람들에게까지 설설 길 필요는 없거든."

"그래서 지역 상권을 박살 낸다?"

"간단한 거 아냐? 난 그 정도 능력은 가지고 있고."

아무리 노형진이라고 해도 대한민국 전체를 쥐고 흔들기에는 아직 무리가 있다.

"하지만 한 지역 상권이라면 어렵지 않은 일이지. 거대 기업도 아니고 중견쯤 되는 곳이라면 말이야. 그리고 이런 지방은 중견 기업 하나 날아가면 지역 상권이 흔들리지."

"그리고 그게 정치인의 책임이라면 그는 재기 못 하고 말이야."

손채림은 완전히 어두운 얼굴로 길을 걸어가는 사람들의 표정을 보면서 걱정스럽게 말했다.

"그뿐만이 아닐걸. 고작 그 정도로 멈출 거면 애초에 벌써 사과받고 끝냈겠지. 결과적으로 정신 차려야 하는 대상은 국회의원 한 명이 아니라 정당이거든."

노형진이 노리는 것은 단순히 정치인 개인이 아니라 바로 그 뒤에 숨어서 자신의 목을 노린 정당이었다.

"그러다가 그들이 보복이라도 들어오면 어떻게 해? 내가 정치에 대해서 잘 아는 건 아니지만, 정치인들이 그리 쉽게 물러날 것 같지는 않은데."

걱정이 가득한 표정으로 물어보는 손채림.

"물론 한국 기업이라면 그럴 수 있었겠지."

세무조사를 하거나, 죄를 뒤집어씌우는 건 어렵지 않다.

"하지만 마이스터는 한국 기업이 아니지."

막대한 돈을 쥐고 있는 외국 기업이다.

그들이 한 지역의 상권을 박살 내는 것은 매우 쉽다.

"경고구나."

"그래, 일벌백계라는 거지."

이번에 한주암을 박살을 내 둔다면 누구도 절대 마이스터를 터치하지 못한다.

어쭙잖게 욕심을 내서 그들을 건드리면 지역구가 박살이 난다는 것을 알 테니까.

"그리고 지역구가 박살이 난다는 것은 단순한 문제가 아니야."

"어째서?"

"지역구가 박살이 나면 단순히 자기 인생만 박살 나는 게 아니니까."

정당의 힘은 국회의원의 숫자에서 나온다.

국회의원의 숫자가 줄어든다는 것, 그건 정당의 힘이 떨어진다는 것을 뜻한다.

힘이 빠진 정당은 한국의 정치계에서 불리할 수밖에 없다.

"결국 사회는 유기적으로 엮여 있지. 누군가 힘을 가지고 있다고 깽판을 친다면, 그 피해는 모두가 입게 되는 거야."

"그런데 이번에는 네가 깽판 치고 있잖아."

노형진은 순순히 고개를 끄덕거렸다.

"피해는 모두가 입는다고 했지 내가 입는다고는 안 했다."

"헐?"

"이런 명언이 있지. 나만 아니면 돼!"

그런 말을 하는 사이에 문이 열리면서 많은 사람들이 들어왔다.

그들은 미리 준비된 자리에 앉으면서 서로 눈치를 살폈다.

"반갑니다, 여러분. 저는 노형진이라고 합니다."

"어…… 예……."

눈치를 보면서 움찔거리는 사람들.

그들은 다름 아닌, 이 지역의 어느 정도 규모 있는 기업의 사장들이었다.

"그런데 어쩐 일로 저희더러 보자고……."

그들은 눈치를 살폈다.

그럴 수밖에 없는 게 인터넷에서, 아니 온 동네에 소문이 다 났으니까.

이 지역 1위와 2위 기업이 마이스터의 공격을 받고 있다고.

"여러분들과 협상을 하기 위해서입니다."

"협상?"

"네."

"어떤 협상요?"

"여러분들의 목숨이 달려 있는 문제이지요."

"허……."

"소문이 사실입니까?"

"무슨 소문요?"

노형진은 모른 척했다.

"어…… 아닙니다."

사업을 하는 사람이 눈치가 없을 리가 없다.

질문을 던진 남자는 바로 입을 다물었다.

"일단 여러분들에게 드리고자 하는 부탁은, 주소를 옮겨 달라는 것입니다."

"네? 주소요?"

"네. 다른 지역으로 옮겨만 주신다면 별다른 불이익은 없을 겁니다."

노형진의 말에 다들 침을 꿀꺽 삼켰다.

"그 말이 사실입니까?"

"글쎄요."

노형진은 그마저도 확실하게 대답하지 않았다.

"진짜로 주소를 옮기면 손대지 않는 겁니까?"

"단기적으로는 말이지요."

"단기적……."

다들 침을 꿀꺽 삼켰다.

그게 무슨 뜻인지 알아차린 것이다.

단기적으로는 주소를 옮기는 것으로 만족하겠지만, 장기적으로 본다면 아예 사업체를 옮기는 것을 권한다는 뜻이다.

"갑자기 자리를 옮긴다는 게 쉬운 일은 아니지 않습니까? 하지만 다른 지역으로 옮기면 그곳에서 투자받을 수도 있는 일이고……."

노형진은 실실 웃으며 말했다.

그러한 웃음에 다들 공포심을 감출 수가 없었다.

"아, 한 가지는 확실하군요."

"뭐가 말입니까?"

"두 번 일어난 일은 세 번 일어날 수도 있다는 거지요, 후 후후."

$$\triangleq$$

"한 의원! 이거 어쩔 겁니까!"

시장은 당장 달려와서 한주암의 멱살을 잡아 올렸다.

같은 당 소속이라 모른 척 도와주려고 했지만, 피해가 이만저만 큰 게 아니었다.

"지금 이 지역의 기업이 벌써 3분의 1이나 빠져나갔어요! 지금 이게 얼마나 큰일인지 알고나 있는 겁니까!"

"그건……."

"당신 때문에 지금 이 지역 자체가 망해 간다고요!"

한주암은 결국 언성을 높였다.

"아니, 왜 나한테 그럽니까! 나한테 일 시킨 사람은 당입니다, 당! 그런데 왜 나한테 독박을 씌워요!"

"아니, 이 사람이 진짜!"

발끈하는 시장.

화가 안 날 수가 없었다.

사실 그도 안다.

하지만 어쩔 수 없었다.

그도 같은 당 아닌가?

당에 항의할 수는 없고, 그렇다고 그가 책임질 수도 없다.

결국 남은 건 희생양을 고르는 것뿐.

결국 그들은 돌이킬 수 없는 강을 건넜다.

"야! 이 새끼야! 너 지금 터진 아가리라고 함부로 지껄이는 거야!"

"아가리? 아가리? 이 새끼가 미쳤나!"

"그래, 미쳤다! 너 때문이 이 지역이 날아가게 생겼어, 지금!"

회사 입장에서는 단순히 사업의 주소지를 옮기는 것뿐이니 어려운 일이 아니다.

한국의 어떤 사업자든, 자신의 사업 주소지를 옮기는 것은 자유니까.

하지만 자치단체 입장에서는 돌아 버릴 일이었다.

"야, 이 새끼야! 너 때문에 벌써 예산의 4분의 3이 날아갔어! 뭐? 독박? 씨발, 네가 싸지른 똥을 왜 우리가 치우는데!"

"내가 싸지르다니! 위에서 시킨 거라잖아!"

"개소리하지 마!"

기업의 세금은 각 지역에 내도록 되어 있다.

그 말은 기업이 이탈하면 지역의 세금이 팍 줄어든다는 뜻이고, 이런 지방의 경우에는 상대적으로 기업에서 내주는 세금이 중요하다는 것이 문제였다.

"너 때문에 내년에 어떻게 운영할지 답도 안 나오는데, 뭐? 이 새끼가 미쳤나?"

세금이 있어야 지역 경제를 운영하고 다른 회사를 끌어올 수 있다.

그런데 지금은 악순환이다.

노형진이 다른 곳으로 주소를 옮기면 일단 터치하지 않는 다고 했기 때문에 대부분은 주소를 옮겨 버렸다.

그 상황에 이 지역에서 새로 사업장을 열 사람이 있을 리 가 없다.

"당장 지금이라도 가서 사과하라고!"

"아니, 당에서 하라고 한 걸 나보고 사과하라는 게 말이나 됩니까!"

"그러면 어쩌자는 거야? 방법 있어?"

"그건…….'

입술을 깨무는 한주암.

방법이 없었다.

자신이 싹싹 빌고 그 아래로 가야 한다.

"큭…….'

자존심이 상하는 일이었지만 어쩔 수 없었다.

그러나 그의 고난을 풀어 줄 만큼 노형진이 착한 사람이 아니라는 것을, 그는 모르고 있었다.

똑같은 놈이 되는 거지, 뭐

"한주암이 결국 만나자는데?"

손채림은 키득거리면서 웃었다.

가능하면 빨리 은밀하게 만나자고 의견을 전해 왔다.

"왜일까?"

"왜는 무슨. 뻔한 거지. 사과하려고 그러는 거 아니겠나?"

유찬성 의원은 느긋하게 의자에 기대앉았다.

유찬성은 이번에도 어렵지 않게 5선을 지켜 냈다.

"이제 5선이면 당 대표쯤 하실 수 있지 않습니까?"

"전에도 말했다시피 난 내 주제를 아는 사람이네. 내 욕심
도 아는 사람이고."

히죽 웃는 유찬성.

"나는 짧고 굵은 것보다는 길고 오래가는 게 좋아."

섣불리 감투에 욕심을 부려서 다 까발려지고 묻혀 버리기보다는, 느긋하게 있다가 정치에서 은퇴할 결심이 설 때쯤 치고 올라갈 생각을 하는 게 그였다.

"더군다나 지금은 나가 봐야 시끄럽기만 하고."

"그런가요?"

"그래. 애석하게도, 다수당을 차지하기는 했지만 미세한 차이이지 않나?"

"그건 그렇지요."

현 여당이 다수당을 차지하기는 했지만 수적으로 압도적인 것은 아니다.

야당들의 의석 수를 다 합하면 현 여당보다 많은 것이 사실.

"거기에다 조만간 아주 시끄러워질 거야. 그럴 때 당 대표 하면 득보다는 실이 더 많지."

느긋하게 차를 마시는 유찬성.

"조만간이라 하시면?"

노형진은 고개를 갸웃했다.

"무슨 일이 있습니까?"

"아직 모르는 건가? 하긴, 송 대표는 이제 초선이니……."

그는 찻잔을 다시 테이블에 내려놓고는 조심스럽게 입을 열었다.

"대통령이 탈당을 할 걸세."

"탈당요?"

"그런 소문이 계속 나오고 있어. 마냥 무시할 수는 없는
노릇이고."

"그건 그렇겠군요."

더군다나 현 대통령은 프락치였다는 것이 드러난 상황.

자기는 아니라고 하지만, 그와 친한 사람들은 죄다 현 야
당이었다.

"그리고 여당과 야당이 바뀔 걸세."

"네? 그게 무슨 말입니까?"

"대통령이 탈당으로 끝내지 않을 거라는 거지."

"설마."

노형진은 딱딱한 얼굴로 유찬성을 바라보았다.

그가 말하는 사건의 일말의 가능성.

그걸 물어보지 않을 수가 없었다.

"대통령이 당적을 옮긴단 말씀이십니까?"

"그래도 이상할 건 없지 않나?"

"초유의 사태군요."

대통령의 탈당이 전혀 없는 일이었던 것은 아니다.

하지만 그때는 본인의 지지율이 너무 낮아서, 선거에서 당
에 피해가 가기 때문에 탈당한 것이었다.

그런데 지금은…….

"당적을 옮긴다라…….

"법적으로 불가능한 건 아니지."

"누가 그럴 가능성을 생각이나 했겠습니까?"

"그러니까."

법적으로 불가능한 것은 아니다.

그리고 그 일이 실현되면, 여당과 야당이 뒤바뀔 것이다.

"확실한 건가요?"

"그렇다고 봐도 무방하네."

유찬성의 말에 노형진은 머리가 지끈거렸다.

"자네도 예상은 했을 텐데?"

"그건 그렇지요. 대놓고 프락치 짓을 했는데 사실 지금까지 안 넘어간 게 이상한 거죠."

"선거 때문 아니겠나."

선거 전에 옮기면 지지자들이 결집해서 자신들이 불리해진다.

그러니 지금까지 조용히 있었던 것인데, 이젠 선거가 끝났으니 볼일이 없어진 거다.

"언젠가는 벌어질 일이었네."

유찬성은 마치 별거 아니라는 듯 담담하게 말했다.

"중요한 건 지금이지. 그래, 한 지역을 통째로 넘기겠다고?"

"그렇습니다. 믿을 만한 사람이 필요합니다."

"우리 사람으로?"

"아니요."

"응?"

"우리도 똑같이 행동할 겁니다."

"무슨 소리인가?"

"저들에게 걸리지 않을 사람이 필요합니다."

"저들이라 하면?"

"자유신민당 말입니다."

유찬성은 이해가 가지 않았다.

지금 특정 지역구에서 벌어지는 일에 대해서는 그도 들어서 알고 있다.

그 뒤에 마이스터가 있으며, 노형진이 전면에서 움직인다는 것까지 전부.

"그 지역에서 벌어지는 일은 정치권의 초유의 관심사네. 과연 마이스터의 힘이 어디까지 가능한 것이냐."

"그래서 결론은요?"

"한주암은 버려졌네."

짧은 말이지만 그 안에 담긴 뜻은 많았다.

'예상대로군.'

노형진이 한 놈만 팬 이유는 간단하다.

어차피 전체와 다 싸워서 이길 수 있는 것도 아니기 때문이다.

"마이스터가 아무리 한국에서 힘을 못 쓴다고 해도, 지역구 하나는 날릴 수 있다. 그게 자네가 노리는 거 아니었나?"

"맞습니다."

"그런 거라면 확실하게 성공한 거야. 마이스터가 외국계라는 특성상, 한국에서 공격하는 건 쉽지 않으니까."

물론 노형진은 공격할 수 있다.

애초에 노형진을 건드려 보는 것이 그들의 계획이었고.

"하지만 지역구 하나를 날려 먹음으로써, 경고는 확실히 된 거지. 한국에는 어지간한 대기업이 아니고서야 마이스터에 덤빌 만한 규모의 공장이 없으니까."

당연히 한 지역에 있는 가게들을 하나씩 좀먹으면서 소문만 내면 그만이다.

"그러면 다음 선거에서 그가 다시 뽑힐 가능성은 아주 낮지."

차를 음미하면서 즐거운 듯 말하는 유찬성.

"정치인들이 정치만 하면 좋겠지만, 애석하게도 그들은 기업들과 상부상조하네. 기업의 후원이 없으면 정치도 못 하니까. 그리고 기업의 후원이 사실상 당의 생명 줄이나 마찬가지이고 말이야. 자네가 정치인의 약점을 아주 정확하게 노리고 들어갔네."

정치인은 당에 충성한다.

하지만 그건 진짜 충성심 때문에 그런 게 아니라, 당이 그에게 부귀영화를 줄 수 있는 공천권을 쥐고 있기 때문이다.

당장 지역구가 확실한 유찬성만 봐도, 그는 당에 그다지 충성하지 않는 타입이다.

"결국은 자신이 우선이죠."

노형진은 그걸 알려 준 것이다.

노형진과 싸우다가 당의 자금줄을 잘라 버린 놈의 결말은 결국 방출인데, 그걸 알면서도 노형진에게 덤빌 국회의원은 얼마 없을 것이다.

당은 몰라도 최소한 국회의원 한 명, 즉 너 하나는 죽일 수 있는 능력.

"원래 전쟁터에서 병사들에게 가장 무서운 적은 소총 부대가 아니라 저격수죠. 소총수들이 쏜 총알은 운 나쁘면 맞는 거지만, 저격수의 총알은 그 사람 하나만을 노리니까요."

유찬성은 그 말에 고개를 끄덕거렸다.

하지만 그런다고 해도 여전히 이해가 가지 않는 부분이 있었다.

"그것까지는 알겠는데, 똑같은 행동을 하겠다니?"

"저들에게 알려지지 않은 지역의 사람이 필요합니다. 내부적으로는 의원님 당의 사람이되, 외부적으로는 아닌 사람이요."

"그런 사람이 왜?"

"전 한주암의 모가지를 칠 겁니다."

유찬성의 눈썹이 살짝 떨렸다.

현직 국회의원이다.

사실 현직 국회의원의 힘은 상상 이상이다.

아무리 초선이라고 해도 말이다.

그런 한주암의 모가지를 치겠다고 공공연하게 말할 수 있는 사람이 얼마나 있겠는가?

"국회의원은 어떤 면에서는 대통령보다 높네. 왜 그런지 아나?"

"알지요. 자를 방법이 없으니까요."

대통령은 탄핵이라는 제도로 국민들이 자를 수가 있다.

하지만 국회의원은, 그가 아무리 범죄를 저질러도 자를 수가 없다.

오로지 스스로 내려오는 것뿐.

물론 조사나 수사는 얼마든지 할 수 있다.

하지만 그럴 때는 국회가 '방탄 국회'라고 불리는 임시국회를 남발하면서 보호하는 것이 보통이었다.

"위에서 치게 만들어야지요."

"응?"

"이제 제 방법을 저들은 알았을 겁니다. 한주암이 어떻게 당하는지, 두 눈으로 똑똑히 봤을 겁니다."

물론 정치계에서 끝까지 싸우려고 한다면 싸울 수도 있을 것이다.

"하지만 마이스터는 외국계 대기업이지요."

노형진은 진지하게 말을 꺼냈다.

오늘부터 할 작전에는 유찬성의 도움이 필요하니까.

이것이법이다

"한국의 기업이라면 괴롭힐 방법은 많습니다. 세무조사를 한다거나, 회사를 감사한다거나, 수장을 체포한다거나."

"그렇지."

그래서 한국 기업들은 정치인들을 두려워한다.

"하지만 외국계 기업, 특히 미국계 기업은 한국에서 손을 못 대지요."

"그건 그러네. 외국계 기업이 한국에서 분탕질을 치고 가도 한국 정부가 제대로 손쓰지 못하는 건 하루 이틀 문제가 아니지."

외국계 기업이 수백억의 세금을 내지 않고 도망가도 한국 정부는 항의하지 못한다.

정작 한국 내 대기업에는 수천억의 뇌물을 요구하면서 말이다.

"그 이유는 왜일까요?"

"일단 공격 수단이 없으니까. 권력의 한계지."

한국에서 그들의 권력은 강하다.

하지만 정확하게 말하면 '한국에서만' 강한 것이다.

미국계 기업을 공격하려면 미국의 도움을 받아야 하는데, 극단적 자본주의국가인 미국이 그들에게 도움을 줄 리가 없다.

단순히 생각해도, 한국 정부에 정치자금을 주면 그만큼 미국에서 정치인들에게 주는 정치자금이 줄어든다는 뜻이니까.

"더군다나 마이스터는 미국에서도 상당한 규모의 투자사

지. 그런 곳을 건드릴 정치인은 없지."

고개를 끄덕거리는 유찬성.

"하지만 마이스터는 공격할 수 있는 수단이 있지요. 그리고 그걸 어필했고요."

유찬성은 살짝 오른쪽 눈썹을 치켜세웠다.

노형진이 노리는 게 뭔지 알 것 같았다.

"현금 말이군."

현금.

현대에서 가장 강력한 무기라고 할 수 있는 것.

돈줄을 틀어막으면 저항할 수 있는 수단은 없다.

"만일 다른 기업이 그렇게 당한다면 어떻게 될까요?"

"다른 기업?"

"어디 보자, 주헌통상쯤이면 되겠네요."

"주헌통상?"

유찬성의 눈이 아까와 다르게 확연하게 떨렸다.

"자네, 지금 그걸 말이라고 하는 건가?"

"하면 안 됩니까?"

"주헌통상이 어떤 곳인지 아나?"

"알죠."

주헌통상.

공식적으로는 수출입 업체다.

그러나 그 실체는, 현 자유신민당의 수뇌부급 의원 세 명이 소속된 자유신민당의 기업이다.

"그들을 조이면 무슨 일이 벌어질까요?"

"음…… 그렇군. 초선의 가치는…… 없지."

수뇌급 의원들 입장에서, 초선의 가치는 바닥이라고 봐도 무방하다.

그들 때문에 주헌통상을 날릴 처지가 된다면…….

"보복을 하겠군."

"바보가 아닌 이상에는요."

날려 버릴 수 있다는 최후의 경고.

그게 바로 주헌통상이 될 것이다.

"그런데 그거랑 우리랑 무슨 관계가 있다는 건가? 설마 도와 달라는 건가? 그건 곤란해. 아무리 척지고 있다고 하지만 말이야, 주헌통상을 우리 쪽에서 건들면 그건 사실상 전쟁이라고."

물론 지금도 전쟁이나 마찬가지이지만, 그래도 정치라는 한정된 무대에서 벌어지는 전쟁이다.

그러나 주헌통상을 건든다면 그때는 정치가 아니라 생활 전반을 공격하게 될 것이다.

"아니요. 제가 원하는 건 프락치입니다."

"프락치?"

"그들이 하는 걸 제가 하지 말라는 법은 없으니까요."

노형진의 말에 유찬성의 눈이 파르르 떨렸다.

"그건 좀······."

유찬성은 말을 주저했다.

노형진이 뭘 하고자 하는지 바로 알아차렸기 때문이다.

하지만 노형진은 멈출 생각이 전혀 없었다.

"제가 싫어하는 말 중 하나가, 상대와 같은 짓을 하면 똑같은 사람이 된다는 겁니다."

"뭐?"

"똑같은 사람이 되더라도, 그들을 밟고 쓰러트리고 힘을 차지해야지요. 그리고 그 후에는 그들과 똑같은 짓을 하지 않으면 되는 겁니다. 똑같은 사람이 되기 싫다는 핑계로 아무것도 안 하는 건 그냥 겁쟁이죠."

욕먹기 싫고 똑같은 사람이 되기 싫다고, 깨끗한 척하면서 아무것도 안 하는 사람들.

그들은 양심은 편할지 모르지만 결국 패배할 테고······.

'그 고통은 국민이 진다.'

노형진은 그걸 누구보다 잘 알고 있었다.

'이상만으로 정치를 할 수 있으면 좋겠지만······.'

하지만 정치는 이상으로만 할 수 없는 것이 현실.

이상만 가지고 정치하는 사람이 어떤 꼴을 당하는지, 과거의 대통령이 처절하게 보여 주지 않았던가?

"똑같은 짓을 할 겁니다. 내부에 프락치를 심을 겁니다."

"으음······."

유찬성 의원은 심각한 눈빛이 되었다.

노형진이 말하는 '똑같은 짓'이, 그냥 내부에서 정보만 캐내 오는 그런 사람을 의미하는 건 아닐 것이다.

누군가를 밀어주고, 그가 해당 당에서 권력을 잡게 해 주고, 최후에는…….

'하긴, 가장 확실한 방법이지.'

유찬성이 봐도, 그게 자신에게 걸리적거리는 자들을 밀어내는 가장 확실한 방법이다.

자기 사람을 심어 두고 조직 자체를 통제하는 것.

"그들 내부에 심어 둔 사람이 있지요?"

노형진은 단도직입적으로 물었다.

"지금에 와서 갑자기 누군가 나서서 마이스터와의 문제를 해결하는 것은 이상합니다. 그리고 그 사람이 갑자기 자유신민당에 가입하는 것도 이상하고요."

누가 봐도 그건 이상한 일이다.

하지만 내부에 심어 둔 사람이 있다면 어떨까?

자유신민당이 프락치로 대통령 자리를 빼앗았지만, 사실 민주수호당도 자유신민당 내부에 프락치가 없다는 말은 못 할 것이다.

그들처럼 권력의 핵심에 프락치를 두고 있지 못할 뿐.

"마땅한 사람이 없는데……."

유찬성은 그런 노형진의 말에 부정하거나 화내지 않았다.

그 역시 닳고 닳은 정치인이니까.

"급수가 너무 낮으면 의미가 없고."

"급수?"

"지역구 관리자 정도가 우리가 가진 한계일세."

아나나 다를까, 그들 역시 내부에 정보원이 있었다.

"그렇군요."

지역구 관리자가 마이스터와 관계가 있어서 문제를 해결한다?

• 그건 너무 이상하다.

"잠깐만…… 내 생각을 해 보겠네."

유찬성은 뭔가 생각이 있는 듯, 말을 이어 갔다.

"자네는 먼저 주헌통상을 공격하게나."

노형진은 빙긋 웃었다.

"이미 시작했습니다."

⚖

"의원님! 큰일 났습니다! 주헌통상이…… 회사가…… 무차별 공격을 받고 있습니다!"

"뭐!"

발표문을 정리하고 있던 서노지 의원은 벌떡 일어났다.

"내 회사가 공격받는다니!"

"누군가 주헌통상의 주식을 싹 긁어모으고 있는데, 추적해 보니 마이스터입니다!"

서노지 의원은 등골이 오싹해졌다.

"그게 무슨 말이야. 마이스터가 왜?"

"아무래도 한주암 의원 뒤에 우리가 있다는 걸 안 모양입니다."

"이런 젠장!"

한주암을 시켜서 살짝 건드려 본 것은 사실이다.

아무래도 의심스러운 부분이 많았으니까.

그런데 그걸 가지고 이렇게 과격하게 공격해 들어올 거라고는 생각도 못 했다.

"한주암 그 새끼는 뭐래!"

"지금 한 의원은 전화기도 꺼 놨습니다."

"이런 미친 새끼! 도대체 일을 어떻게 처리하는 거야!"

서노지는 부들부들 떨었다.

풀을 건드려서 뱀을 놀라게 하는 걸 타초경사라고 한다.

괜한 일을 해서 사고를 터트리는 것을 말하는 것인데, 지금이 딱 그 짝이었다.

'미친. 잘못 건드렸다.'

사실 대부분의 기업들은 이 정도 건드리면 알아서 돈을 토해 놓는 것이 보통이다.

이미 노형진이라는 존재가 복수재단뿐만 아니라 마이스터

와도 관련이 있으며, 복수재단의 주요 재원이 마이스터에서 나온다는 것도 알고 있었으니까.

'진짜 그 새끼가 주인인가?'

문득 그런 생각이 들었다.

하지만.

'아니야! 그게 중요한 게 아니야. 이런 멍청한……'

사람에게는 성향이라는 것이 있다.

그리고 지금 보이는 마이스터의 성향은, 건드린 상대를 죽였으면 죽였지 타협은 없다는 것이었다.

"망할! 마이스터 쪽에는 연락해 봤어?"

"네. 알아보겠다고만……."

"그걸 말이라고 해! 그놈들이 알아보고 연락을 줄 것 같아!"

서노지 의원은 마음이 다급했다.

"당장 통상 업자들에게 연락해서 사건 수습한다고, 조금만 기다려 달라고 해! 어떻게 해서든 노형진과 약속을 만들어!"

"네. 알겠습니다, 의원님."

"젠장, 일이 어쩌다가 이렇게……."

기업에서 주는 뇌물은 간단하게 말해서, 불이익을 대신하는 일종의 편의금이다.

네가 좀 불편해질 상황인데, 대신 인사를 좀 건네면 괴롭히지 않겠다는 의미의.

'하지만 그건 어디까지나 불이익을 줄 수 있을 때의 이야

기지.'

마이스터에 물론 불이익이 없지는 않겠지만, 딱 봐도 마이스터는 둘 중 하나가 죽을 때까지 싸우자는 각오로 덤비고 있다.

그리고 자신이 아무리 4선의 주요 의원이라고 해도, 마이스터와 싸워서 이길 수 있는 수준은 아니다.

"당장 다른 의원들과 이야기해 봐야 하니까 연락 돌려!"

서노지는 입술을 깨물었다.

그의 눈에서는 공포감이 어려 있었다.

수십 년간 정치를 하면서 처음으로 느끼는 공포였다.

⚖️

"주헌통상이 공격받고 있습니다. 이거 어쩔 겁니까?"

몇몇 의원들이 다급하게 만남을 가졌다.

그들은 서로 눈치를 보면서 이 상황을 어떻게 벗어날 건지 이야기하기 시작했다.

"마이스터가 맞습니까?"

"몇 번이나 확인했습니다. 마이스터가 맞습니다."

"으음……."

대부분 얼굴이 어두워졌다.

"마이스터가 노리는 게 뭔지 아시겠습니까?"

"바보도 아니고, 그걸 모르겠습니까?"

그들을 하나씩 잡아먹는 것.

그게 마이스터의 계획이다.

"이건 우리도 처음 당해 보는 상황이군요."

지금까지 이런 작전을 썼을 때 대부분의 기업은 달려와서 살려 달라고 했지 한 명씩 잡아먹겠다고 덤벼 오지는 않았다.

"문제는 그게 가능하다는 겁니다."

성조화학 건으로 알 수 있듯, 대부분의 지역구에는 그 기반이 되는 기업이 있다.

그리고 그곳을 때려잡는 건 마이스터에는 어려운 일이 아니다.

"우리들도 마찬가지고요."

정치인들도 마찬가지.

대부분 사업을 하거나 특정 기업의 주식을 가지고 있거나, 하여간 지역에서 나름 이름을 있는 사람들이다.

지금까지 누구도 그들 개개인을 깨려고 덤비지는 않았다.

'우리가 실수한 건가?'

생각해 보면 당연한 거다.

다른 기업들은 기본적으로 한국의 기업이라, 자신들과 척져서 좋을 게 없으니까.

"CIA가 맞는 걸까요?"

"모를 일이지요."

"누가 확인해 본 사람 없습니까?"

"해 봤지요. 하지만 거기야 뭐, 가타부타 말을 해 주는 곳입니까?"

이미 물어봤지만 그들의 답변은 '답변의 의무 없음'이었다.

즉, 부정도 긍정도 하지 않은 것이다.

"미치겠군요. 누가 미국으로 가서 협상이라도 해 봐야 하는 거 아닙니까?"

"전화를 해도 안 받는데 만나 주겠습니까?"

"미다스가 누군지 알아내지도 못하고 이게 무슨 꼴입니까? 그러니까 내가 놔두자고 했잖아요!"

"아니, 선거도 얼마 안 남았으니 정치자금이 필요하다고 한 게 누군데요!"

"누가 거기를 건드리자고 했습니까?"

"거기가 미국 정부와 관련이 없는 게 확실하다고 한 건 당신입니다!"

"당신? 지금 보자 보자 하니까!"

"당신이 먼저 말을 꺼냈잖아!"

서로 책임을 뒤집어씌우기 위해 언성을 높이는 순간, 누군가 '쾅!' 하고 탁자를 내리쳤다.

"지금 우리끼리 싸울 때예요!"

"……"

"저들의 계획은 확실합니다! 우리를 하나씩 잡아먹을 생각인 것 같은데, 툭 까고 말해 봅시다. 저들이 그런 식으로 나온다고 하면 우리 중 버틸 수 있는 사람이 몇이나 되겠습니까?"

"그건……."

좌중에 흐르는 침묵.

국회의원들은 아무런 대답도 하지 못했다.

한참이 지나고 나서야 한 명이 한숨을 쉬며 말했다.

"아마 우리 당 의원의 20% 미만일 겁니다."

"그거밖에 안 됩니까?"

"아무래도 한국은 균형 발전을 한 나라가 아니니까요."

거대도시에 있는 국회의원은 상대적으로 유리할 것이다.

일단 해당 도시에 속한 기업도 한두 곳이 아니고 말이다.

또 대기업 공장이 기반을 두고 있는 곳도 별반 문제가 되지 않을 것이다.

"하지만 체급이 애매한 규모의 기업들이 위치한 지방 쪽 의원들은……."

아예 대기업이면 마이스터라고 해도 못 건드리겠지만, 직원 1만 명 이하의 기업 정도는 마이스터가 죽이려고 덤비면 얼마든지 죽일 수 있다.

"으음……."

"문제는 그 후입니다. 그런 식으로 씨를 말린 후에 그들이 대기업에까지 싸움을 걸면……."

눈앞이 캄캄해지는지, 좌중에 다시 침묵이 흘렀다.

그런 식으로 기업들을 죽이면 자기들의 힘이 빠지고, 그러다 자기네가 지역구를 잃어버리면 대기업들이 자신들과 함께 갈 이유가 없다.

"대도시나 대기업 쪽에서도 우리와 손을 끊겠군."

"네."

"우리에 대해 무척이나 잘 아는군."

국회의원의 정치적 약점을 잘 아는 사람의 소행.

"역시 그 노형진이 미다스일까요?"

"모르지. 이제는 중요하지도 않고."

중요한 것은 완전히 틀어진 마이스터와의 관계를 복구하는 것이다.

"방법이 있겠나?"

"저희도 어떻게 해서든 연락해 보려고 노력하고 있습니다만, 그쪽에서는 알아보겠다는 말뿐입니다."

결국 방법이 없다는 소리.

그 말에 다들 그저 침묵만 지키는 수밖에 없었다.

⚖

"주헌통상 쪽은 어때?"

"죽을 맛인 것 같던데."

노형진은 손채림의 말에 씩 웃었다.

예상대로였다.

주헌통상이 마이스터의 먹잇감이 되었다는 소문이 돌자마자 그 가치는 바닥으로 떨어졌다.

일부 기업들은 그들과의 계약을 갱신하는 것을 보류하는 수준이다.

"마이스터의 힘이 생각보다 강하구나."

"자본주의의 위력이지. 돈만 벌어 준다면 뭐든 할 수 있으니까."

물론 마이스터에서 노형진이 가진 자산이 그만큼 많은 것은 아니다.

"하지만 마이스터는 미다스의 기업이야. 그리고 미다스라는 이름을 믿고 거액을 투자한 정재계의 큰손들이 가득하지. 그들이 맡긴 돈이 얼마일 것 같아?"

"한…… 1조쯤 되나?"

"아니, 한 20조쯤 될걸."

"뭐? 20조?"

손채림은 입을 쩍 벌렸다.

"그나마 그들이 분산투자 해서 그 정도야. 만일 몰빵으로 우리한테 몰아줬다면 아마 200조가 넘는 돈이 우리에게 들어왔을 거야."

"허. 아니, 투자자들이 이 상황을 뭐라고 안 해?"

마이스터에 투자된 돈은 노형진의 돈이 아니다.

노형진이 움직일 수 있는 돈이기는 하지만 말이다.

"일반적으로는 뭐라고 하겠지. 하지만 이번 경우는 뭐라고 안 해."

"어째서?"

"도발한 건 한국 정부니까."

"웅? 그게 무슨 말이야?"

"간단해. 내 수익률이 높아질수록 그들이 가지고 갈 돈도 많아지지. 그런데 마이스터에서 수천억을 뇌물로 가져다 바친다면, 결과적으로 수익률이 낮아질 수밖에 없어. 이게 무슨 뜻인지 알겠어?"

"아…… 결국 자기들이 가져가야 할 돈을 한국 정부가 탐냈다고 생각하는 거구나."

"그래."

물론 그들도 바보는 아니다.

어느 정도 돈이 도는 건 인정하고, 브로커에 대해서도 알고 있다.

특히 미국에서 브로커는 법적으로 인정받은 직업 중 하나이고.

"문제는 그들이 과도한 욕심을 부렸다는 거야."

투자자들 입장에서는 턱도 없는 규모를 가진 한국의 정치인들이 무려 수천억의 정치자금을 요구한 것.

"요구한 것이라고?"

"그래."

"한 적 없잖아?"

"내 알 바 아니지."

"아……."

그들은 돈을 달라고 한 적이 없지만, 노형진이 그렇게 보이도록 꾸몄다.

실제로 과거에 자신을 찔러볼 때 그 정도 자금을 요구한 적도 있었다.

"거기에다 적당히 소문만 뒤섞으면 진짜 요구한 것이 되지. 정치라는 게 그렇잖아."

정치인들이 돈을 요구할 때, 흔적이 남도록 공문을 보낸다거나 하는 미친 짓을 할 리가 없다. 그러니 그들이 요구하지 않았다고 해도, 이쪽에서 그렇게 받아들였다고 하면 그만.

"수천억을 날릴 상황에서 투자자들이 가만히 있겠어?"

"그래서 가만히 있는 거구나."

"정답이야."

물론 손해가 없는 것은 아닐 것이다.

상당한 자금이 한국으로 흘러들어 가는 것은 사실이니까.

"돈을 벌려고 하는 게 아니라 기업을 압박하는 것이 목적인 만큼, 수십억 정도의 손실은 발생하겠지. 하지만 그 정도는 내가 감당할 수 있어."

결국 그 수십억 때문에 한국 기업들은 나자빠지는 셈이다.

"그래서 자유신민당이 그렇게 난리가 났구나."

"흥하게 하는 건 돈이 많이 들지만, 망하게 하는 건 돈 많이 안 들어. 당장 거래하는 기업에 덤핑으로 밀고 들어가도 되는걸."

그러니 저들로서는 당혹스러울 수밖에.

"그러면 끝까지 갈 거야?"

"아니, 그건 아니지."

노형진은 슬쩍 시선을 돌렸다.

"우리나라에서 사회생활 하는 데 가장 중요한 게 뭔지 알아?"

"갑자기 뜬금없이 웬 사회생활?"

"정치인들, 특히 오래된 정치인들은 옛날 사람들이야. 선을 만들기 위해서는 결국 자신들 기준으로 생각하지."

"그래서?"

"그리고 그 선이 있으면 매달리기 마련이야."

노형진은 전화기를 톡톡 두들겼다.

"학연, 지연, 혈연. 그중 두 개 정도라면 뭐, 쓸 만하지 않겠어?"

노형진은 왠지 모르게 알 듯 모를 듯 한 미소를 지었다.

⚖

"노형진 변호사랑 안다고?"

"친하기는 했지요."

유찬성은 적당한 사람을 찾아냈다.

김관규.

노형진과 같은 중학교 출신이다.

당연히 같은 동네에서 살았고.

"어려서부터 그 녀석이 두각을 내기는 했지요."

김관규는 아무것도 모르는 척 천연덕스럽게 대답했다.

'두각은 개뿔.'

사실 김관규는 노형진을 잘 모른다.

우연히 같은 지역의 같은 학교에 다녔을 뿐이다.

"그래? 혹시 개인적인 연락처도 있나?"

"그건 그런데……. 왜 그러십니까?"

김관규는 여전히 상대의 의중을 모르는 척 순진하게 물었다.

그는 사실 민주수호당이 자유신민당 내부에 심은 정보 요원, 즉 프락치였다.

물론 급이 높은 것은 아니고, 지역을 관리하는 수준.

그랬기에 그런 그에게 갑자기 위에서 접근한 것은 의외였다.

"그쪽과 선을 이을 수 있나?"

"전화는 할 수 있지만, 왜 그러시는 건지 모르겠네요."

"사실은……."

아무래도 안 되겠다고 생각한 건지 당에서 나온 사람은 조심스럽게 입을 열었다.

이것이 법이다

그러자 김관규는 눈을 찌푸리며 망설이는 척했다.

"어…… 그건 좀……."

"지금 당이 위험한데 자네가 발뺌할 때야?"

"형진이가 그쪽 대리인인 건 저도 알고 있습니다만, 그래도 제가 부탁하기에는……."

"우리가 당장 공격을 멈춰 달라는 건가? 그냥 자리만 만들어 달라고 하지 않나?"

"형진이한테 그런 힘이 있을 리가 없지 않습니까? 한국의 대리 변호사일 뿐인데."

"최소한 본사에 말은 전할 수 있겠지."

"그건 그런데……."

김관규는 그래도 모른 척 뒤로 빠졌다.

"형진이가 그런 걸 좋아하는 것도 아니고……."

"자네 진짜 이러긴가?"

'응, 그럴 거다.'

이미 노형진에게 부탁을 받았다.

최대한 발을 빼라.

하지만 포기는 하지 못하게 해라.

"죄송합니다. 그래도 수십 년을 알고 온 친구를 그렇게 이용한다는 건 좀……."

"자네 진짜 이럴 거야? 고작 지역 위원장으로 끝낼 거냔 말일세!"

"네?"

"자리만 마련해 주면 공천해 주겠네."

"공천요?"

김관규는 눈을 크게 떴다.

물론 좋아서 그런 게 아니었다.

'진짜군.'

자신이 버티면 공천권을 내세울 거라고 했다.

그리고 공천권이 나오기 전에는 절대로 받아들이지 말라고 했고.

"자네도 좋은 게 좋은 거 아닌가? 이번에 뒤에서 밀어주면 금배지도 달 수 있을 테고, 노 변호사라고 하면 운이 좋으면 마이스터가 밀어줄 수도 있을 테고."

"으음……."

김관규는 어쩔 줄 몰라 하는 모습을 보였다.

"그래도……."

"자네한테도 기회야. 돈을 내놓으라는 것도 아니고, 그냥 자리만 마련해 달라는 거 아닌가."

"하지만 그 약속을 지키지 못하게 되실 수도 있는 거 아닙니까?"

이미 선거가 끝났다.

당장 다음 총선은 4년 후다.

그런데 그때에도 이 약속을 지킬 거라는 보장은 없었다.

"당장 자리가 있네."

"당장 들어갈 자리요?"

"한주암 의원 알지?"

"알지요. 요즘 그 미친놈 때문에 말이 많지 않습니까?"

"그가 물러날 거야."

"네?"

김관규는 침을 꼴깍 삼켰다.

'진짜였어?'

노형진이 분명히 그랬다.

한주암이 물러날 거다.

그리고 보궐선거가 이루어질 것이다.

'그렇게 잘난 척하더니, 결국 노형진 손아귀에서 놀아나고 있는 거였나?'

김관규는 왠지 자신이 정치하겠다고 여기에 들어온 게 허망했다.

프락치라는 오명까지 뒤집어쓰면서 여기까지 들어왔다.

그리고 기회를 노리고 있었다.

그런데 그 모든 일이, 이미 노형진의 손아귀에서 놀아나고 있었던 거라니.

"왜, 그 자리 싫어?"

"아니, 그건 아닌데요. 한 의원이 쉽게 물러날까요?"

"이미 이야기 끝났네."

한주암은 자유신민당 입장에서도 데리고 갈 수가 없는 상황이다.

일단 마이스터에 화해의 제스처를 보이기 위해서는 선두에서 사고를 친 그를 자르는 수밖에 없다.

"그가 그렇게 쉽게 물러날까요? 그 사람, 제가 알기로는 세 번이나 도전해서 간신히 된 것일 텐데."

"물러날 수밖에 없지. 우리가 선거법 위반 사항을 다 가지고 있는데."

"아……."

선거법 위반.

생각해 보면 당연한 거다.

당에 그런 정보가 없을 리가 없다.

'그러면 어쩔 수 없이 물러나겠군.'

이미 한주암은 정치인으로서 끝났다.

그도 알 것이다.

당에서 나가라고 하는데도 안 나가고 버텨 봤자, 선거법 위반 사항이 검찰에 고스란히 넘어갈 뿐이다.

"당장 선거법 위반으로 당선무효형이 확정될 걸세."

그러면 돈은 돈대로 날릴 테고, 처벌은 처벌대로 받을 것이다.

"재기는 불가능하지."

한 지역의 상권이 박살이 났다.

토속 기업 두 곳이 망하게 생겼고, 사람들은 그게 한주암 의원 때문이라고 생각하고 있었다.

"재선도 불가능한 상황에서 그가 어쩌겠나."

"그렇군요."

결국 최선은 그가 책임지고 물러나는 형태를 취하고, 그 후에 보궐선거에서 새로 사람을 뽑는 것뿐이다.

"그러면……."

김관규는 눈을 반짝였다.

노형진의 예상대로 모든 것이 돌아간다면 자신도 편하다.

"조건이 있습니다."

"조건?"

"외부적으로, 협상 대표를 저로 해 주십시오."

"뭐?"

"제가 뭐든 실적이 있어야 보궐에 나가지 않겠습니까?"

"으음……."

"이번 사건이 아무래도 외부적으로 나가기가 좀 그러니, 다른 의원분들이 나서기도 좀 그런 거 아닌가요?"

"후우, 확실히 그렇군."

일단 공식적으로 당과 마이스터의 관계가 드러난 것은 아니다.

하지만 한주암과 마이스터가 틀어진 것은 누구나 다 아는 사실.

'그걸 해결하는 사람이 그 지역을 먹겠지.'

"하지만 그건 좀……."

아니나 다를까, 김관규의 말에 남자는 좀 곤란하다는 표정이 되었다.

그럴 수밖에 없다.

이 일을 해결하는 사람에 대한 지역의 충성도는 절대적이 될 수밖에 없다.

'그 말은, 다른 사람이 나서서 그걸 하면 자기 마음대로 그 지역에 가져다 꽂을 수 있다는 거지.'

이번에야 약속이 있어서 김관규가 들어간다지만, 이 사태를 해결한 사람이 다른 사람을 밀어주고 그에 대한 지지 선언을 한다면 표가 또 바뀔 것이다.

하지만 김관규가 전면에 나서면, 그 지역은 김관규를 절대적으로 지지하게 된다.

"싫으시다면 저도 거절하겠습니다."

"뭐?"

"당에서 저에 대한 믿음이 없는데 저라고 당에 대한 믿음을 가질 수는 없지 않습니까?"

"자네 지금 뭐라는 거야!"

"생각해 보세요. 당에서 저를 믿지 못해서 그러는 것 같은데, 제가 왜 당에 매달려야 합니까?"

김관규는 똥배짱을 부렸다.

사실 똥배짱도 아니다.

'내가 손해 볼 건 없으니까.'

그야 나가서 민주수호당에 복귀하면 그만이다.

상황에 따라서 당적을 옮기는 거야 흔한 일이고, 국회의원도 아니고 지역 위원쯤은 그다지 이슈도 안 된다.

물론 더 이상 정보를 캐내지 못한다는 문제가 없는 것은 아니지만 프락치는 그 말고도 또 있을 게 뻔하고, 그가 여기서 가지고 가는 정보라고 해 봐야 그다지 값어치가 높은 것도 아니다.

'하지만 더 위로 올라간다면…….'

국회의원이 된다면 이야기는 달라진다.

저들에게 당한 대로 복수하기 위해서는 더 높은 곳으로 가야 한다.

그리고 그러기 위한 작은 도전은 해 볼 만하다.

"지금 당에 대고 뭐라는 거야?"

남자는 깜짝 놀라서 물었다.

"그건 절대 안 돼!"

"그러면 저도 안 합니다."

"뭐?"

"위원장님 생각을 모를 것 같습니까? 이번에는 저를 주지만, 다음번에는 위원장님이 노리시는 거 아닌가요?"

남자의 얼굴이 사정없이 일그러졌다.

"아까 위원장님이 그러셨지요, 언제까지 작은 구역에 있을 거냐고. 그건 저한테 하는 말이 아니라, 위원장님 본인에 대한 생각 아닌가요?"

"그건……."

만일 김관규가 먼저 올라간다면 이제 상황이 바뀌게 된다.

당연히 남자는 그게 반가울 리가 없다.

"자원봉사 하려고 여기에 들어온 건 아니지 않습니까? 위에 올라가려고 들어온 건데. 위원장님도 마찬가지 아니신가요?"

"……."

"그런데 왜 제가 양보를 해야 하지요?"

어차피 저들에게는 선택권이 없다.

이미 그건 들어서 알고 있다.

그래서 김관규는 강하게 밀어붙였다.

"크윽, 네가 이런다고 내가 놔둘 줄 알아?"

"그래요?"

김관규는 씩 웃었다. 그리고 자리에서 일어났다.

"사표 쓰겠습니다."

"뭐?"

위원장의 얼굴이 사색이 되었다.

"너, 너…… 뭐 하는 짓거리야!"

"제가 거절한 이상 위원장님이 절 그냥 놔둘 것 같지는 않고, 설사 위원장님이 놔둬도 위에서는 가만두지 않겠지요.

그러니 그만둬야지요. 친구가 돈을 잘 버니, 제가 그만둔다고 하면 먹여 살려 주긴 할 겁니다. 제가 아는 노형진은 본인 때문에 제가 당에서 억울하게 압력을 받다가 잘렸다고 하면 가만있을 사람이 아니거든요."

어깨를 으쓱하는 김관규.

"물론 왜 나가는지에 대해서는 홈페이지에 잘 올리겠습니다."

위원장의 얼굴이 파리하게 변했다.

'그럴 테지.'

어떤 방법으로든 김관규를 설득하라고 했을 것이다.

그러나 위원장은 나중에 그 자리를 노리고 있을 테니 김관규라는 존재는 이용하고 버리는 대상에 불과했을 것이다.

그런 게 정치니까.

'하지만 핵심 멤버가 당신 때문에 피 봤다고 하면 이야기가 달라지지.'

아무리 초선이라고 하지만 국회의원까지 쳐 내는 그들이다.

그들이 과연 위원장을 놔둘까?

그럴 리가 없다.

"좀 나가 주시겠습니까? 짐을 정리해야 해서요."

"자…… 잠깐! 알았다! 알았다고!"

위원장은 결국 두 손을 들었다.

자신으로서도 이길 수 없다는 걸 알아차린 것이다.

그나마 유일하게 남아 있는 카드를 자신이 쫓아냈다고 하면…….

"위에 말해서 내가 대표로 넣어 줄게."

"그러면 감사하고요. 저는 믿겠습니다, 위원장님."

김관규의 말에 위원장은 똥 씹은 얼굴이 될 수밖에 없었다.

⚖️

"그러면 잘 부탁드립니다."

서노지는 애써 웃음을 지었다.

김관규의 주선으로 노형진과 만나는 데 성공했다.

물론 처음부터 쉽게 이루어진 일은 아니었다.

수차례 부탁을 하고 사과를 한 후에야 약속을 잡을 수 있었다.

"저도 더 이상 이런 일로 싸우지 않았으면 좋겠네요."

노형진은 미소를 지었다.

서노지 역시 애써 미소를 지었지만…….

'속은 시커멓게 타들어 가고 있겠지.'

이쪽의 조건은 간단했다.

마이스터의 한국 진출을 적극적으로 지원해 줄 것.

마이스터의 뒤를 캐는 어떠한 행동도 하지 말 것.

'전자야 둘째 치고, 후자는 아깝겠지.'

누가 봐도 정황상 미다스는 한국인이다.

아마 누군지 찾아내면 어마어마한 돈을 받아 낼 수 있을 거라 생각했을 것이다.

'하지만 이제는 안 되겠지.'

설사 노형진이 미다스 본인이라고 예상하고 있다고 하더라도, 이제는 불가능해졌다.

그런 행동을 보이는 순간, 마이스터가 주요 정치인 관련 기업에 대한 각개격파를 시작할 테니까.

"제 친구를 잘 부탁드립니다."

"그럼요. 저희가 잘해 주겠습니다."

서노지는 힘들게 웃었다.

'젠장, 망할 한주암 같으니라고.'

그는 이를 박박 갈았다.

사실 한주암은 그의 라인이었다.

그런데 대형 사고를 친 덕분에 그의 입지까지 위태해졌다.

거기에다 그 지역은 그의 라인을 꽂는 자리였는데 김관규는 자기 라인이 아니다.

즉, 그 지역을 빼앗긴 셈이다.

'염병.'

더군다나 외부적으로 김관규가 이번 협상을 이끈 것으로 되어 있다.

당연히 그 공적은 그가 모두 집어삼킬 테고, 특별한 일이 없으면 그 지역에서 확실하게 자리 잡을 것이다.

'크으…….'

속이 쓰리지만 어떻게든 내색하지 않으려고 하는 그를 본 노형진은 미소 지으면서 바깥으로 나왔다.

더 이상 볼일은 없고, 그들도 마이스터의 힘을 안 이상 자신을 건드리지는 못할 것이다.

'중요한 것은 내부에 심은 씨앗이지.'

이제 막 발아를 시작한 작은 씨앗이 얼마나 높은 자리까지 올라갈지는 알 수 없는 일.

"이제 끝난 거야?"

노형진이 차 안으로 들어오자 손채림이 멀어지는 다른 차들을 힐끔 보면서 물었다.

"그럭저럭."

"그러면 이제 이주 준비를 백지화하면 되겠네?"

"그래, 공식적으로 발표해야지."

김관규의 활약으로 공장의 폐업 및 인도 이전은 취소될 것이다.

그리고 그는 자유신민당의 국회의원이 될 테고, 그 안에서 성장하면서 당의 양분을 야금야금 빼먹을 것이다.

"저들은 그런 거 알까?"

"알 리가 없지. 안다면 그냥 당하겠어?"

"하긴, 그러네."

안다면 절대 인정할 리가 없다.

"너 한번 건드려 보려다가 도리어 안에 핵폭탄을 품다니, 알면 속 좀 쓰리겠는데."

"전에 말했잖아, 미다스 신화의 핵심은 과한 욕심을 부리지 말라는 거라고."

그리고 이제 저들은 노형진에게 황금을 낳아 주는 알이 될 것이다.

"미다스의 손은 모든 것을 황금으로 만들지, 흐흐흐."

죽음의 이유

－불법 모금과 횡령으로 김 모 씨가 구속되었으며…….

단신으로 지나가는 뉴스.
다른 사람들은 그다지 관심을 보이지 않는 뉴스.
그걸 보고 노형진은 혀를 끌끌 찼다.
"결국 이렇게 되는군."
복수재단을 날려 버리기 위해 수억을 불법 모금했던 복수
재단대책협의회의 회장, 그가 결국 구속되었다.
달라진 게 있다면…….
"그걸 다 먹은 걸로 만들어 버렸네?"
얼마나 모금했는지는 모른다.

하지만 그걸 회장인 그가 혼자서 다 꿀꺽한 것으로 사건은 조작되었다.

물론 그는 억울할 것이다.

실제로 정치인들에게 줬고, 그래서 복수재단의 대표를 구속하는 데에도 성공했으니까.

"팽 당한 거군요."

무태식 변호사는 혀를 끌끌 찼다.

"어쩔 수 없지요. 이건 이제 두고두고 문제를 일으킬 테니까요."

자유신민당은 노형진과 복수재단에서 손을 떼기로 했다.

매년 백 명도 안 되는 사업자들이 망하는 것을 해결한답시고 끼어들어 봤자 득보다는 실이 많기 때문이다.

문제는 돈.

"받아먹은 돈이 있으니, 그들을 그냥 놔두면 후환이 되지 않겠습니까?"

그래서 정부에서는 그걸 무마하기 위해 모든 죄를 그들에게 뒤집어씌웠다.

그들의 억울함?

알 바 아니다.

"말 그대로 토사구팽입니다."

노형진은 뉴스를 꺼 버렸다.

어차피 이제는 볼일도 없는 인간들이다.

"그나저나 자살 때문에 그러신다면서요? 보통 자살은 변호사를 끼지 않는데, 어쩐 일이십니까?"

자살 사건은 여러 가지로 문제가 많다.

일단 가장 먼저 문제가 되는 것은 보험이다.

'아직 자살자에게는 보험금을 지급하지 않는 경우가 많으니까.'

물론 미래에도 아예 보험금을 목적으로 자살하는 경우에는 보험금을 주지 않지만, 멀쩡하게 지내던 사람이 자살하는 경우에는 지급한다.

그리고 자살로 인해 보험금을 받으려고 하는 가족들이 소송하는 것은 흔한 일이다.

"그런데…… 냄새가 납니다, 냄새가."

무태식은 곤란한 표정으로 책상을 치면서 말했다.

그 말에 노형진은 자신의 옷에 얼굴을 대고 킁킁거렸다.

"이상하네요. 안 나는데. 냄새 없애는 약을 뿌렸는데."

"노 변호사님, 개그 할 상황은 아니지 않습니까?"

"하하하."

"저도 이런 경우는 처음이라서요."

무태식은 곤혹스러운 듯 말했다.

"의뢰인이 의심스러워요. 그런데 이게 제가 변호사다 보니……."

"무슨 뜻인지 알겠네요."

기본적으로 새론은 약자와 피해자를 우선시하는 정책을 가지고 있다.

물론 가해자들도 변론해 주지 않는 건 아니지만, 그런 경우는 아주 드물다.

피해자들이 넘쳐 나는데 가해자들까지 받아 줄 이유는 없으니까.

하지만 아주 가끔 생각지도 못한 경우가 있다.

"의뢰인이 피해자가 아니라 가해자 같다는 말씀이죠?"

"네, 정확합니다."

서로 다 억울하다고 주장한다.

그래서 일단 외부적으로 피해자로 보이는 사람을 우선 변론한다.

"그런데 의뢰인의 사건을 볼수록 의심스러워요."

"자살 사건의 보험금 지급 청구라고 하셨죠?"

"네."

"그런데 자살 같지 않다고요?"

"그러니까 문제입니다. 정황은 누가 봐도 자살인데 사건을 파고들면…… 그 뭐랄까? 위화감? 그런 게 느껴집니다."

"흠……."

노형진은 잠깐 침묵을 지켰다.

무태식은 생긴 건 산적일지 몰라도 무척이나 유능한 변호사다.

그런 그가 이상하다고 생각한다면 사건 자체에 켕기는 게 있다는 뜻이다.

"뭐가 그렇게 이상합니까? 제가 듣기로는 유언장까지 다 있다고 했던 것 같은데요."

"네, 맞습니다. 유언장도 발견되었고요. 상황도 지금까지는 그다지 안 좋았으니까요."

그래서 사망자는 자살했다.

그리고 피해자 가족은 보험금을 청구했다.

"그런데 그 피해자 가족이, 아무리 봐도 그다지 슬퍼 보이지 않는단 말입니다."

"그럴 수도 있지 않습니까? 가족이라고 다 친하리란 법도 없고."

"하지만 죽은 지 얼마나 되었다고 돈을 어떻게 쓰느냐를 가지고 싸운다는 건 좀……."

"장례식장에서 재산 때문에 멱살 잡고 싸우는 사람들도 봤습니다만?"

"끄응……."

"그런 거 말고 걸리는 게 있는 거죠?"

"일단 자살 같기는 한데, 상황 자체가 자살하기에 미묘하단 말이지요."

"어떤 면에서요?"

"일단 스트레스를 받는다는 부분에서요."

사업이 휘청거리면서 스트레스를 받은 것은 사실이다.

"하지만 의외의 사실을 알게 되었어요."

"무슨……?"

"사업을 접으면서 적지 않은 돈을 벌게 되었다는 것."

"네?"

"사업을 철수했더라고요."

그러면서 자신이 가진 특허를 비싼 가격에 넘기는 계약을 준비하고 있었다는 것이다.

"사업이 힘들었던 이유가 뭐겠습니까? 결국 돈이잖아요."

"그렇지요."

그가 계속해서 직접 사업을 한다면 문제였겠지만, 특허를 팔아넘긴 후에는 그 돈으로 편하게 살 수 있다.

당연히 그 후에도 스트레스를 받을 이유는 없다.

"그 특허가 터무니없이 싼 가격에 팔린 모양이군요."

"아니요. 무려 45억에 팔렸습니다."

"45억요?"

"네."

"아니, 무슨 특허이기에……."

"일단 뭐, 이과 쪽은 제가 잘 모르니까요."

단순히 특허를 판 걸로 끝이 아니었다.

그 특허를 사는 조건으로 구입 업체에서는 직원들의 고용 승계도 약속했다.

"그가 가진 기업은 직원이 열 명뿐이었어요. 그나마도 네 명은 연구원이었고요."

"아아, 스타트업."

"네, 스타트업."

스타트업은 아무래도 개발자가 많을 수밖에 없다.

그런 스타트업을 가진 사람은 돈이 들어가는 족족 속이 안 쓰릴 수가 없다.

스타트업을 경영한다는 것은 어마어마한 스트레스다.

"하지만 그 기술이 제대로 들어맞은 모양이군요."

"네."

45억에 고용 승계까지 약속받을 정도면 그저 그런 기술이 아닐 것이다.

"협상에 다소 난항을 겪고 있기는 했지만…… 고작 그런 이유로 자살을 할까요, 사람이?"

"음…… 그 난항이라는 게 많이 힘든 거였나요?"

"그건 아닙니다. 세금 문제죠."

거래에 대한 세금을 이쪽에서 부담할 것이냐, 아니면 저쪽 에서 부담할 것이냐의 문제.

물론 상당한 돈이 움직이는 거니 서로 부담을 거부하겠지만.

"그런 걸로 자살을 할 리가요? 혹시 그것 때문에 거래가 뒤집어지거나 그럴 가능성도 있었나요?"

"아니요."

무태식은 고개를 흔들었다.

"뭐, 뻔하지 않습니까?"

"하긴, 그러네요."

이런 기업 간 거래에서 일방이 세금을 다 책임지는 경우는 없다.

나눠서 하게 되어 있다.

다만 그 비율을 가지고 싸울 뿐.

더군다나 그런 경우는 대부분 계약 전문 변호사를 끼고 협상을 하니, 자기가 머리 아플 일은 그다지 없다.

"그걸 가지고 자살할 이유는 없어 보이는데."

스타트업은 무척이나 스트레스가 심하다.

돈은 들어가는데 실적은 안 보이고, 미래는 불투명하고, 월급을 주는 것도 버겁다.

"고작 그걸로 내성을 넘었다고 보기에는⋯⋯."

사람마다 스트레스 내성이라는 것이 있다.

이 사람이 스트레스를 버틸 수 있는 정도를 뜻하는 것이다.

그리고 스타트업에서 살아남은 사람은, 재벌 3세가 아닌 이상, 그 스트레스 내성이 어마어마하게 높을 수밖에 없다.

"스타트업은 출발부터가 스트레스니까요."

"그러니까요."

"개발자인가요?"

"네."

"역시나."

갑자기 어느 순간 '나는 사업할 거야.' 하고 결심한 사람이 이런 과학 쪽 특허 개발을 하지는 않는다.

그는 아마도 다른 기업에서 연구자로 있던 사람이었을 것이다.

어느 순간 그만두고 스타트업을 시작했을 테고.

"그러면 그만두는 순간부터 스트레스를 받았을 텐데요."

"그러니까 이상한 겁니다."

일을 그만두는 순간부터 스트레스를 받던 사람이, 그 스트레스가 거의 끝나 가는 시점에 자살한다?

"그리고 가족도 묘하게 비협조적입니다."

"묘하게?"

"아직 회사 직원을 만나 보지도 못했습니다."

"네? 어째서요?"

"다 해고했더군요."

"다?"

"네, 아무래도 기업을 물려받은 사람은 가족이니까."

"이해가 안 가는데……."

노형진은 고개를 갸웃했다.

그런다고 해서 뭐가 바뀐단 말인가?

"말로는 자살로 인한 보험금 지급 청구 사건이니까 관련이 없는 거 아니냐고 하기는 하는데……."

"확실히…… 그건 그러네요."

다른 변호사 사무실이라면 법적으로 보험금을 주는 것에 대해서만 싸웠을 것이다.

하지만 새론은 사람과 그 뒤에 있는 이면을 보는 법을 훈련을 시켜 왔기 때문에, 그것보다는 왜 죽었는지부터 파악하려고 했다.

"자살과 회사 일이 관련이 없는 건 사실이기는 한데요."

무태식은 곤란한 듯 중얼거렸다.

"여러모로 이상한 게 워낙 많다 보니……."

"무슨 뜻인지 알겠습니다. 그럼, 자살이 확실한지부터 짚고 넘어가 보죠. 만의 하나라도 타살일 가능성은 전혀 없습니까?"

"일단 자필 유언장도 발견되었고요."

"자살 방식은요?"

"차에서 수면제를 먹고 번개탄을 피웠습니다."

"으음……."

요즘 유행하는 방식이기는 하다.

수면제를 먹은 후에 번개탄을 피우면 자는 사이에 조용히 갈 수 있으니까.

"거래는요?"

"일단 중지 상태이지만, 조만간 다시 진행될 겁니다."

노형진은 조용히 그 말을 들으면서 곰곰이 생각에 빠졌다.

무태식 변호사의 말대로, 자살이라기에는 의심스러운 정
황이 많다.

그렇다고 파고들자니, 어찌 되었건 그들은 자신들의 의뢰
인이다.

그러니 함부로 파고들기에는 위험하다.

"일단 변호사가 의뢰인을 의심해서 뒷조사하는 건 신뢰의
원칙에 맞지도 않고……."

"뭐가 문제인지 알겠네요."

본인은 하지 못한다.

하지만 다른 사람이라면?

문제 될 게 없다.

자신이 조사한 게 아니니까.

"무태식 변호사님은 어떻게 생각하십니까? 이런 경우에
범인은……."

"그래서 제가 노형진 변호사님께 부탁드리는 겁니다. 가
족이라고 해 봐야 아내뿐이니까요."

"아내요?"

"네."

"하긴…… 나이 먹은 사람이 스타트업을 시작하지는 않겠
지요."

스타트업 기업을 한다는 것은 창업과는 다르다.

훨씬 도전적인 과정이다.

그런 도전적인 일을 하는 사람이 나이가 많지는 않을 테고.

"사망자 나이가 몇 살입니까?"

"서른세 살입니다."

"한창이네요."

뭐든 할 수 있다는 자신감이 넘치는 나이.

"그러면 아내는요?"

"서른한 살입니다. 아이는 없고요."

노형진은 눈을 찌푸렸다.

전형적으로 돈이 엮이기 좋은 구조다.

"사망자에게 양친이 있나요?"

"아니요. 형제도 없고요."

"그럼 재산은 아내한테만 돌아가겠군요."

"네."

의심스러운 상황이다.

"경찰은 단순 자살로 처리했고요."

"아시지 않습니까, 경찰이라는 작자들."

"그렇기는 하지요."

자살로 보이는 증거가 확실하면 그냥 자살로 끝낸다.

물론 가끔 뭔가 이상하다고 생각해 수사해서 잡는 경우도 없는 건 아니지만.

'하지만 대부분의 자살 조작 사건이 자살로 처리되지.'

더군다나 연탄을 이용한 자살?

그건 다른 사건보다 훨씬 조작이 쉽다.

"당일 동선상의 카메라도 일단 다 확인은 했습니다. 그런데 자살한 게 맞아요."

"현장에도 카메라가 있었나요?"

"그건 없었지만요."

"하긴, 차량에서 자살하려고 하는 사람이 사람 많은 곳을 이용할 리는 없지요."

자살 장소는 국도의 한적한 구석이었다.

가는 길에 카메라도 몇 개 없는 곳인지라 수사도 쉽지 않은 상황.

"노 변호사님이 가능하시겠습니까?"

"일단은 차를 조사해야겠네요. 뭐든 나와야⋯⋯."

"폐차했습니다."

"네?"

"사건이 자살로 처리되고 유가족 측에 넘어가자마자 폐차하더군요."

"허."

물론 그 차를 다시 보고 싶거나 쓰고 싶지는 않을 테지만, 그래도 너무 빠르게 폐차를 진행했다.

"그래도 그렇지, 바로 폐차라니."

"여러모로 의심스러운 상황입니다만, 일단 자필로 쓴 유언장이 있으니⋯⋯."

"그게 결정적인 모양이군요."

사실 자필로 쓴 유언장이 나오면 경찰도 애초에 손들고 포기한다.

프린터도 아니고 자필로 유언장을 쓸 정도면 이미 자살을 각오한 거니까.

거기에 사인까지 해 뒀으니.

"네."

"흠…… 알겠습니다. 제가 한번 나서 보지요."

⚖

사랑하는 여보

내가 먼저 가게 되어 미안하오.

그동안 힘들게 고생만 시키고 제대로 해 준 게 없으니 미안한 마음을 이루 말할 수가 없소.

어린 나이에 시집와서…….

계속 이어지는 유언장.

누가 봐도 자필로 쓴 유언장이 맞다.

하지만 노형진은 그걸 보면서 왠지 모를 어색함을 느꼈다.

"누가 봐도 자필 유언장이 맞아. 하지만 뭔가 이상해."

"어떤 면에서?"

"글쎄."

손채림 역시 그걸 보면서 뭔가 이상하다는 생각이 들었다.

"내가 봐서는 너무 추상적인 것 같아."

"추상적이라고?"

"어, 뭐랄까? 확실한 게 없달까?"

"음…… 확실히 그러네."

손채림의 말에 노형진은 고개를 끄덕거렸다.

"자살을 앞두고 기분이 울컥해서 그런 건가?"

"아닐걸."

"뭐?"

"자살하기로 맘먹고 자필로 유언장을 쓴다면 기분이 울컥할 수는 있지. 하지만 그런다고 해서 이렇게 감성적으로만 글을 쓴다고?"

노형진은 말도 안 된다는 듯 고개를 흔들었다.

"그렇지는 않지. 그는 기본적으로 사업가야. 문과가 아니라 이과이고."

"그게 유언장이랑 무슨 관계가 있어?"

"자신이 정리해야 하는 것을 그냥 뭉뚱그려서 이렇게 두지는 않았을 거라는 거지. 결국 그 버릇이 어디 가는 게 아니니까."

"이해가 안 가는데?"

그러자 노형진은 보고 있던 유언장을 내려놓으면서 입을 열었다.

이건 자필 유언장이기는 하지만, 이상한 유언장이다.

"간단하게 설명할게. 네가 유언장을 작성한다면 뭘 넣겠어?"

"일단…… 내 삶에 대한 것과…… 가족들에 대한 걱정 그리고……. 그러네."

손채림은 노형진이 뭐가 이상하다고 하는지 바로 알아차렸다.

"미래가 없네."

"그래, 미래가 없어. 아무리 자살이라고 하지만 말이야."

미래.

본인의 미래가 아니다.

그 뒤에 남을 미래.

정확하게는 가족의 미래에 대한 언급이 없다.

"당장 그가 죽으면 기업은 아내에게 넘어가. 그런데 그에 대한 이야기도 없고 그 처분에 대한 이야기도 없어. 무려 45억이나 받고 넘겨주기로 한 기업이야. 그런데 그에 대한 내용이 없다는 게 말이나 된다고 생각해?"

"그럴 리가 없지."

자살은 누구나 가능한 일이다.

돈 문제가 관련된 경우가 많긴 하지만 여러 가지 사유에 의해 일어나기 때문에, 돈이 있어도 자살하는 사람은 얼마든지 존재한다.

그러니 성공한 후에 자살할 수도 있다.

그러나…….

"하지만 돈에 대한 이야기를 전혀 안 할 정도는 아니지."

기업의 판매가 확정된 상황에서 그걸 언급도 하지 않고, 두루뭉술하고 애매한 이야기로 유언장을 작성한다?

"거기에다 이건 개인적인 유언장이지. 변호사도 없어."

"그럴 수도 있잖아?"

"일반적으로는 그렇지. 하지만 이미 계약이 상당히 진행되고 있는 상태야. 당연히 아는 변호사 한 명쯤은 있어야 정상 아니야?"

"으음……."

아는 변호사가 있다면 이런 문제에서 유언장이 얼마나 큰 힘을 가지는지 알 테니, 공증을 하거나 증인을 세우려고 할 것이다.

"전이라면 모를까, 요즘 누가 수십억짜리 계약을 변호사도 없이 자기 마음대로 처리할까?"

45억쯤 되는 거래라면 상대방도 확실하게 하기를 원해서 변호사를 대동한다.

그게 정상이다.

그런데 정작 유언장에는 변호사의 흔적이 보이지 않는다.

"자금이 급해서일까? 그런 거 있잖아, 목숨으로 돈을 번다거나…….

"그건 다른 문제야. 너도 알겠지만 한국에서는 자살에 관해서는 당연히 돈을 주지는 않아."

미래에는 자살자에게도 보험금을 노린 자살이 아니라면 주도록 했지만, 지금은 아직 아니다.

"이해가 안 간다. 보통 경찰은 이런 걸 보고 살인의 가능성을 따지지 않아?"

살인의 가능성.

누가 봐도 이번 사건은 살인의 가능성이 아주 높다.

"살인의 가능성이 높지."

사건의 정황상 가장 가능성이 높은 사람은 다름 아닌 아내다.

"아직 나이도 젊어. 그리고 아이도 없고. 사별 이후에 재혼하는 건 어려운 게 아니지."

노형진은 탁자를 톡톡 두들겼다.

"그리고 이 경우 모든 재산은 와이프가 가지고 가지."

"그러니까."

"그런데 왜 그런 식으로 의심하지 않고 경찰은 자살로 처리했을까?"

"글쎄……."

살인을 자살로 위장하는 경우, 가스를 이용한 자살로 보이게 하는 것은 꾸미기에도 용이하다

경찰이 정상적이라면 일단 타살의 정황을 의심해야 한다.

"뇌물을 받았을까?"

"그럴 수도 있지. 무려 45억이니."

그중 1억만 뇌물로 준다고 해도 모른 척할 수 있는 것이 경찰이다.

"쩝…… 경찰이 너무…… 더럽다."

"어쩔 수 없어. 시대가 바뀐다고 해서 사람들도 바뀌는 건 아니잖아. 결국 공무원들도 직장인이고 인간이야."

욕심이 많은 사람들이 공무원이 된다면 그들은 그 1억으로 자신의 욕심을 챙기려고 할 것이다.

"문제는 그걸 감시하는 시스템이 잘 작동하느냐는 거지."

"그랬다면 이런 일은 안 벌어졌을걸."

노형진은 손채림의 말에 고개를 끄덕거렸다.

"지금은 있는 감시 시스템도 모조리 없애는 분위기니까."

전임 대통령 때부터, 소위 규제를 푼다는 핑계로 최소한의 감시 시스템까지 없애 버렸다.

"그것만이 이유는 아닐 거야."

노형진은 탁자를 두들기면서 말했다.

"그것만이 이유는 아닐 거라니?"

"생각해 봐. 아무리 경찰이라고 해도 이런 사건을 혼자서 하지는 않아. 그런데 똑같이 뇌물을 받아 처먹었으면 모를까, 누군가 그걸 터트린다면 그게 더 문제가 될 수밖에 없지."

"응, 그러면?"

"보통 이런 경우는 시스템화되어 있지."

한 명 또는 두 명 정도의 주요 수사관이 증거를 조작한다.

그리고 다른 멀쩡한 수사관들은 그걸 가지고 수사한다.

당연히 그 결과는 살인이 아닌 자살로 나온다.

"일단 담당 경찰관을 만나 봐야지."

노형진은 자리에서 일어나서 겉옷을 걸쳤다.

"과연 누가 가면을 쓰고 있는지 두고 보자고."

⚖

"소지업 씨 사건 말씀이지요?"

젊은 경찰은 볼펜의 끝부분으로 머리를 북북 긁었다.

퀭한 얼굴 그리고 진한 다크서클이 그의 피곤함을 말해 주고 있었다.

"네, 그 사건이 좀 이상해서요."

"흠……."

그는 잠깐 고민하다가 노형진을 바라보았다.

"유가족 측 변호사입니까?"

"아닙니다."

"아니라고요?"

"네."

"그래요?"

노형진의 말에 그는 잠깐 고개를 갸웃했다.

"그런데 이번 사건은 왜 조사하시는 겁니까?"

"그냥 이상해서요."

"이상해서?"

"네, 부탁받은 겁니다."

"그런가요?"

그는 다시 머리를 긁적거리다가 자리에서 일어났다.

"커피 한 잔?"

"좋지요."

그는 노형진을 데리고 휴게실로 향했다.

그리고 거기서 담배 한 개비를 꺼내 입에 물었다.

"이 망할 물건을 끊어야 하는데, 하는 일이 일인지라 못 끊네요."

"쉽지 않지요."

"후우."

허공으로 퍼지는 담배 연기.

그 모습을 보면서 노형진은 그가 뭔가 고민거리가 있다는 것을 알 수 있었다.

"유가족과는 정반대에 있는 사람입니다. 다만 의심스러워서 파 보는 것뿐이고요. 무슨 말을 하든 그쪽으로는 안 넘어갑니다."

"……."

"아는 게 있으면 말씀해 주시지요."

젊은 형사는 한참을 담배만 뻑뻑 피우며, 입을 열지 않았다.

그러다 그렇게 세 번째 담배가 다 탔을 때쯤, 그는 주변을 스윽 보더니 조심스럽게 말을 꺼냈다.

"조사해 보셨다면 아시겠지만…… 유가족이 의심스럽죠?"

"네."

"저도 그렇습니다. 저희가 바보도 아니고, 누가 봐도 이렇게 의심스러운 상황인데 조사를 하지 않겠습니까?"

그는 피곤한 얼굴로 눈을 껌뻑거렸다.

잔뜩 충혈된 그의 눈에서는 눈물이 찔끔 나왔다.

"그런데 위에서는 뻘짓하지 말랍니다, 인력 부족하다고."

"뻘짓요?"

"물론 인력이 부족한 건 사실이지요. 하지만 이상한 걸 어쩝니까? 안 그래도 개인적으로 몰래 수사할까 생각 중이었습니다."

그는 마지막 담배를 꺼내서 바라보고는 눈을 찌푸리면서 빈 담뱃갑을 쓰레기통에 집어넣었다.

"원래 처음에는 저한테 왔거든요."

"처음에는?"

"네, 그래서 이상한 겁니다."

보통 수사는 특별한 경우가 아니면 처음 배당받은 수사관이 진행한다.

"그런데 얼마 지나지 않아서 갑자기 담당이 바뀌었어요, 제 선배로."

"선배라 하시면……?"

"이제 30년 차 되시는 우리 과장님요."

'30년이라…….'

30년 차라면 참 오래 수사관을 했다는 거다.

그러나 그 30년 동안 고작 과장을 달았다는 게 문제다.

그의 무능을 증명하는 꼴이니까.

'거기에다 30년 전이면…….'

상대적으로 지금보다 훨씬 부정이 많고 소위 말하는 뇌물이 사바사바하면서 대놓고 돌아다니던 시절이다.

"그걸로 의심하는 겁니까?"

"그것만이면 의심하지 않습니다. 제가 자살 사건을 얼마나 많이 조사했는지 아십니까?"

허공으로 담배 연기를 내뿜은 그는 짜증스럽게 말했다.

"보통은 유가족들 반응을 보면 알아요. 물론 빼도 박도 못하는 자살인 경우는 안 그런데…….."

사람들 앞에서 스스로 뛰어내렸다거나, 누가 봐도 자살할 수밖에 없는 상황이었다거나 하는 경우.

"그런 경우가 아니면 대부분 일단 부정하거든요. 우리 애가 죽을 애가 아니다, 아니면 이유가 있을 거다, 그러면서요."

"그런데요?"

"이번 유가족은 그런 게 전혀 없더라고요. 뭐랄까…… 슬픔의 표현이 없달까요?"

노형진은 뭔가 알 것 같은 느낌이 들었다.

"혹시 그런 거 아닙니까? 시한부 환자가 죽었다는 소식을 들은, 그런 느낌으로 대응하는?"

"맞네요, 그런 느낌."

상대방이 죽을 거라 생각하면 그 일이 터졌을 때 대응도 달라지기 마련이다.

'이건 대놓고 내가 죽었다는 소리잖아?'

노형진은 머리를 북북 긁었다.

"그래서 부검을 요청했는데, 위에서는 할 필요가 없다고 하더라구요."

"그래서 시신은 바로 가족에게 돌려줬고요?"

"네."

"그러면 독극물 검사는?"

경찰이 어깨를 으쓱했다.

"흠⋯⋯."

연탄을 이용한 자살의 경우 혹시 몰라서 독극물 검사를 기본적으로 해야 한다.

약이나 술 같은 것으로 재우고 연탄을 피우는 건 어렵지 않으니까.

"그런데 자살할 수밖에 없는 상황이었다나? 사실 말도 안 되는 거 압니다. 다른 사건이었으면 말도 안 된다고 항의라도 했지요. 그런데 문제가 있어요."

이것이법이다

"자필 유언장 말이군요."

"공개된 건 자필 유언장뿐이죠."

"네."

노형진은 귀를 의심했다.

자필 유언장'만' 공개된 거라니?

"사실 자필 유언장만 아니라, 유언 낭독 동영상도 있습니다."

"끄응……."

이건 누가 봐도 자살 준비가 맞다.

그런 이상한 증세를 보였다면 가족들도 의심했을 수 있으
니 그런 반응을 보이는 것도 정상이고.

"추가로 조사하려고 해도, 그 두 개 때문에 추가 조사가
불가능합니다."

자살했다는 가장 확실한 증거들.

그게 있는데 허가가 날 리가 없다.

"하지만 여전히 이상한 건 사실이거든요. 아, 이런 건 수
사 자료라 넘기면 안 되는데."

젊은 경찰은 머리를 북북 긁었다.

"하지만 요즘 이상하게 일에 치이고……."

"이상하게요?"

"제가 의심하는 세 번째입니다. 제가 경찰들 사이에서도
젊은 편이지만, 그래도 나름 짬밥 5년 차입니다."

"그런데요?"

"이번 사건으로 대판 싸웠습니다. 그런데 사건이 잔뜩 배당되더라고요."

노형진은 턱을 문질렀다.

그가 말하는 게 뭘 뜻하는지 어렵지 않게 알 수 있었다.

"개인적으로 수사하겠다는 말을 하셨습니까?"

고개를 끄덕거리는 수사관.

"그거 때문일 거라고 저도 생각하고 있습니다."

개인적으로 수사하는 것을 막을 수는 없다.

수사관 중에는 미결 사건이나 의심스러운 사건을 개인적으로 파고드는 수사관이 적지 않은 것도 사실이고.

"일에 치인다라……."

그러면 답은 나온 거다.

수사관이 바쁘면 수사를 못 한다. 결국 수사관도 사람이고, 수사도 체력이 있어야 하는 거니까.

"제가 왜 이런 말씀을 드리는지 아시죠?"

"무슨 말인지 알 것 같습니다."

경찰이라면 사실 이런 말을 바깥으로 하면 안 된다.

그런데 이 수사관은 처음 보는 사이임에도 불구하고 이런저런 이야기를 과도하게 해 준다.

'살인 그 이상의 문제.'

살인도 살인이지만 경찰의 은폐도 문제라는 소리다.

만일 이게 새어 나간다면 경찰관들 사이에 피바람이 불 수밖에 없다.

'하긴…… 돈만 있으면 뭐든 할 수 있으니까.'

사람들은 권력을 가진 사람들이나 사건을 은폐한다고 생각한다.

하지만 정확하게 말하면, 사건을 은폐하는 데 필요한 것은 돈이다.

'그런 경험이 있는 경찰이라면…….'

그러면 사건을 은폐하는 것에 그다지 부끄러움을 느끼지 않을 것이다.

그리고 30년 전이라면, 툭하면 그런 은폐가 벌어지던 시기였다.

'대략 88올림픽 때이던가?'

그때는 경찰이 민중의 지팡이가 아니라 민중의 몽둥이였다.

올림픽 때문에 관광객이 온다는 이유로 거리의 노숙자들이나 거지를 강제로 끌고 가서 두들겨 패고 가두고, 그들이 죽어 나가도 아무도 신경 쓰지 않던 시절.

'그렇게 배운 사람이라면…….'

당연히 그 버릇을 못 고쳤을 가능성이 높다.

세 살 버릇 여든까지 간다는 말은 그냥 생긴 말이 아니었다.

"고맙습니다."

"전 당신을 모르는 겁니다."

그는 품에서 담배 한 갑을 새로 꺼냈다.

"전 그저 담배 하나를 새로 사러 나왔던 것뿐입니다. 아시죠?"

"네."

젊은 경찰의 마음을 노형진은 알 것 같았다.

자신이 이걸 위에 찔러봐야 무마된다.

도리어 내부 고발자로 해직당할 것이다.

그러니 아무런 관련도 없는 노형진에게 슬쩍 흘린 것이다.

'좀 치사하기는 하지만.'

어쩌겠는가? 그가 할 수 있는 것은 그것뿐이다.

설혹 자기 자리를 걸고 나선다 해도 그만 해직당할 뿐, 바뀌는 게 없다는 걸 잘 알고 있을 테니까.

내부 고발은 강요할 수 있는 게 아니다.

"그러면 이만."

슬쩍 인사를 건네고 들어가는 젊은 경찰.

노형진은 따라 들어가지 않았다.

그와의 관계는 일단 여기서 끝내야 한다.

그래서 그가 다시 만나자는 말도 하지 않는 것이고.

"이거…… 골 때리게 생겼는데."

노형진은 절로 눈이 찡그려졌다.

⚖

"징계 기록 봐라."

노형진은 혀를 끌끌 찼다.

그 과장이라는 인간의 징계 기록을 구하는 것은 어렵지 않았다.

"감봉이 두 번, 경고가 한 번. 심지어 정직도 한 번이야."

어지간하면 정직은 나오지 않는다.

경찰 내부의 인원 부족은 한두 해 문제가 아니니까.

사유는 대부분 범죄자로부터 뇌물을 받거나 했다는 것이었다.

"이런 사람을 놔둬?"

손채림은 기가 막히다는 표정이 되었다.

이 정도면 자르는 게 정상이 아닌가?

"그게 정상이지. 하지만 너도 알잖아, 법조계에서 팔이 안으로 굽는 현상이 다른 곳보다 훨씬 강한 거."

"그건 그렇지."

"거기에다 혼자 먹었겠냐?"

"아……."

혼자 먹었을 리가 없다.

그런 건 혼자 먹어서 무마할 수 있는 수준이 아니다.

"딱 보면 몰라?"

그가 걸린 사건들은 대부분 잡범들이다.

"그런데 돈 쓰려고 하는 건 잡범들일까, 아니면 돈 많은 부자들일까?"

"부자들이겠지."

그런데 왜 걸린 사건은 전부 잡범이었을까?

답은 나와 있었다.

"혼자 먹으려고 한 건가?"

"그럴걸."

아마 큰 건은 나눠 먹었을 것이다.

하지만 잡범들은 몇 푼 안 될 테고, 그도 그 정도 돈은 혼자 먹어도 될 거라 생각했을 것이다.

"하지만 위에서는 가만두지 않았지."

그걸 굳이 찾아서 징계했다.

"경고야."

혼자서 먹을 생각 말라는 경고.

그러니 그가 자리를 지킬 수 있었던 것이다.

"대리인인 셈이지."

사건을 무마할 때 누군가 돈을 받는 역할을 해야 한다.

아니면 돈을 달라고 요구하거나.

하지만 높은 급의 사람들이 그런 말을 할 수는 없다.

"그게 이 과장이라는 거군."

"그럴걸. 이런 징계를 받으면서도 결국 안 잘리는 데에는 다 이유가 있는 거지."

"쩝."

손채림은 입맛만 다셨다.

"너무 소소하다고 해야 하나?"

"응?"

"아니, 그동안 정치인이며 재벌이며 그런 인간들이 뇌물 주고받고 하는 거 보면서 그런 인간들하고 싸워 왔는데, 갑자기 고작 과장급이라니."

노형진은 피식 웃음이 나왔다.

"높고 낮음의 차이 같은 건 없어. 다만 그런 놈이 높은 자리에 있으면 그 금액이 커지는 거고 낮은 자리에 있으면 그 금액이 작아지는 거야."

"흠……."

"일단 난 다른 직원들을 찾아볼게. 넌 그 장인어른이라는 인간의 뒤를 캐 봐."

"난데없이 나서서 무마해 줄 만한 사건은 아니라는 거지?"

척 하면 착이라고 했다.

이런 사건은 그쪽에서 먼저 무마해 줄 테니 돈을 달라고 할 수가 없다.

살인 사건의 정황이 너무나 명확히 보이기 때문이다.

"그래. 즉, 그 전부터 경찰과 무슨 관계가 있을 가능성이 높다는 거지."

그런데 그런 일은 보통 남자들이 많이 한다.

더군다나 그가 부패한 경찰이라는 사실을 아는 것도 남자일 테고.

"그 집안에 남자라고는 그 장인어른 한 명뿐이니까."

"오케이."

손채림은 고개를 끄덕거렸다.

"과연 뭐가 나올지 궁금하네."

"글쎄, 가 봐야 알겠지?"

하지만 노형진이 생각하기에 허탕일 가능성은 없었다.

⚖️

"무슨 기술이냐고요?"

"네, 저희가 조사하는데, 일단 최소한 뭔지는 알아야 해서."

"아, 반도체 실리콘 접합에서 전도율 향상에 관한 나노 실리콘 제재에 대한······."

'뭔 소리인지 모르겠군.'

일단 한국말이기는 한데 한국말 같지 않은 특허에 대해, 노형진은 잠깐 생각했다.

그러자 전 직원은 피식하며 쉽게 말해 줬다.

"그냥 신형 반도체 접합 기술의 개량이라고 보시면 됩니다."

"그런 거군요."

"네."

"그런데 회사에서 해직당했는데 그에 대해 억울한 건 없으신가요?"

"억울한 게 없을 리가 없죠."

남자는 한숨을 푹 쉬었다.

"그곳에서 무려 4년이나 청춘을 바쳤습니다. 새로운 기술을 만들면 된다는 생각에 말이지요. 그런데 이렇게 해직당했으니, 하아."

"돌아가신 소지업 씨에 대해서는 어떻게 생각하시나요?"

"좋은 분이었습니다. 야심도 있었고요."

그는 머리를 북북 긁었다.

"그분이 투자한 것은 사실이지만, 그분도 연구원이라 고생을 같이 많이 했죠."

"자살 징후는 없었나요?"

"그 인터넷에서 말하는 그런 거요?"

"네."

"과거에 있었죠. 기술 개발은 안 되고 돈은 까먹고. 사실 그런 상황에서 그런 증상을 안 보이면 그게 더 이상한 겁니다."

"그 후에는요?"

"전혀요."

무려 45억이나 받는다.

그런데 그걸 두고 자살할 이유가 없다.

"물론 돈이 다는 아니지요. 하지만 그게 끝이 아니었으니까요."

45억은 단순 기술에 대한 돈이다.

거래 기업에서는 그들을 아예 전부 영입하기를 원했다.

"그래서 기술이 아니라 회사를 거래한 거군요."

"네, 맞습니다."

만일 기술만 원했다면 특허권을 구입했을 것이다.

그런데 상대 기업은 아예 기업 자체를 인수하려 했다.

'그래서 그런 거였군.'

즉, 거래가 끝났다고 백수가 되는 건 아니라는 거다.

큰 기업에 들어가기로 확정되었으니 고민이 있을 리가 없다.

"그래도 다행이네요. 해직당했지만 이쪽으로 올 수 있어서."

"뭐, 원래 거래 내용이 그거였으니까요."

연구원은 머리를 긁적거렸다.

"사실 손해 본 게 더 많지요. 사장님은 야속하다고 할지 모르겠지만."

"네?"

"사장님이 보너스로 1억씩 주신다고 했거든요."

"보너스요?"

"네."

이건 전혀 들어 보지 못한 내용이었다.

"전 직원 다요?"

"네, 뭐 전 직원이라고 해 봐야 고작 열 명밖에 안 되지만요."

그러면 무려 10억이다.

그런데 그런 돈을 준다고 했다고?

"그게 계약서에 나온 이야기인가요?"

"아니요. 나중에 사장님께서 말씀하신 겁니다."

"흠……."

지금까지 듣지 못한 말이다.

무려 10억.

그 돈을 그냥 준다?

'절대로 그냥 줄 만한 돈은 아닌데.'

금액이 문제가 아니다.

그걸 과연 와이프가 허락했을까?

'아마도 거기가 시작이겠군.'

무려 10억을 줘야 한다.

그리고 회사를 운영하기 위해 들어간 돈도 갚아야 한다.

'빚이 5억이라고 했던가?'

그러면 무려 15억이나 손해다.

빚이야 어쩔 수 없다지만, 10억은 절대로 무시할 수 없는 금액이다.

"와이프 되는 분은 그런 이야기가 전혀 없고요?"

"네, 저희로서도 뭐 증거가 있는 것도 아니고……."

이런 스타트업의 경우, 사장이 성공하면 직원들에게 주식을 주거나 돈을 주는 경우가 종종 있다.

스타트업이라는 불확실성, 미래에 대한 불안감, 자금 부족으로 인한 임금 체불 등 온갖 고난을 헤치고 같이 일어선 사람들.

그들은 사실 전우나 마찬가지이기 때문이다.

"그 후에는요?"

"그다음은 뻔한 거죠."

사장이 죽자 기업은 마누라에게 넘어갔고, 마누라는 그들을 모조리 잘랐다.

당연히 회사는 폐업했고 기술은 팔렸고.

"다행히 저희가 같이 연구한 자료가 어디 가는 게 아니니까 재취업할 수 있었지만, 허허허."

연구원은 아무것도 모르고 웃고 있었지만, 노형진은 그 뒤에 가려진 더러운 이면에 웃을 수가 없었다.

욕심은 끝이 없다

"회사를 폐업한 이유를 알았습니다."

"뭡니까? 갑자기 왜 폐업한 거랍니까?"

"연구원들에게 보너스로 1억씩 약속했답니다. 구두로요."

"구두 약속이라……."

구두 약속.

그러니까 입으로만 한 약속.

"보통 구두 약속도 계약으로 효과를 가지지요, 다만 그걸 입증할 수 있다는 가정하에."

"으음……."

무태식은 그 말을 들으며 기분이 참담했다.

자신의 앞에서도 그다지 슬픈 모습을 보이지 않던 유가족.

그 이유가…….

"그들에게 중요한 건 기업이 아니라 기술입니다. 기술을 45억에 팔았으면 끝인 거죠. 기업을 그냥 넘기는 것? 그건 도리어 손해입니다."

왜냐하면 건물이나 집기도 한꺼번에 넘긴다는 뜻이니까.

"그러니 기술은 따로 넘기고, 사무실이나 집기는 따로 팔았을 겁니다."

그러면 단돈 몇천이라도 더 받을 수 있다.

일단 보증금도 돌려받으니까.

"이직을 해서 다닐 회사도 아니니까, 굳이 회사를 넘길 이유도 없고요."

노형진은 심각한 얼굴로 말했다.

"그러면……."

"무태식 변호사님에게 소송을 맡긴 것도 이해가 갑니다."

돈에 대한 과도한 욕심.

그게 전반적으로 보였다.

"아마도 보험금으로 받을 수 있는 돈이 아까웠던 게지요. 도대체 받는 돈이 얼마인가요?"

"6억입니다."

확실히 그들이 욕심을 낼 만한 돈이다.

그러니 그들이 무리해서라도 소송한 것일 거다.

"하지만 그래도 그걸로 살인까지……."

"아마도 직원들에게 주기로 한 10억이 문제가 되었을 겁니다."

"아아."

"여자가 반대했겠지요."

절대 작은 돈이 아니다.

하지만 남자는 그걸 꼭 주려고 했을 테고, 그래서 사이가 극단적으로 틀어졌을 가능성이 높다.

"그렇다고 사람을 죽인다니……."

"그보다 더 작은 돈 때문에도 사람을 죽이는 게 인간입니다."

무려 10억이다.

아니, 두 사람이니 반으로 나눈다고 하면, 45억 중에 고작 15억 남는다.

"하지만 소지업이 죽으면 40억이 넘게 남는 거죠."

물론 단순한 상상일 수도 있다.

하지만 그런 상상이 현실이 되는 게 한국의 지금이다.

"확실한 건, 그들이 어떤 식으로 손쓴 건지 알아내는 겁니다."

"젠장."

무태식은 짜증이 났다.

지금 와서 사건을 거절하자니 변호사로서의 자존심이 상하고, 그냥 가자니 누가 봐도 그들의 행동이 의심스럽다.

"일단은 그들이 어떤 식으로 움직인 건지 알아야 합니다. 경찰의 문제도 해결해야 하고요."

두 사람은 어디서부터 시작해야 하나 저마다 고민에 빠진 채 침묵을 지켰다.

그런데 그 시작점은 생각지도 못한 곳에서 나타났다.

"아직도 이러고 있어?"

"뭐 좀 나왔어?"

사망자의 장인어른에 대해 조사하러 간 손채림.

그녀가 돌아온 것이다.

"나왔지. 아주 대박으로 나왔지."

"대박?"

"어. 장인어른이라는 인간이 전과가 있더라고. 폭행이야."

"폭행?"

"어, 사건 기록을 자세하게 볼 수는 없었지만……."

손채림은 탁자를 두들기면서 뭔가를 꺼냈다.

"아무래도 그 당시 조폭이었던 것 같아. 대략 15년 전쯤에."

"15년?"

"어, 15년 전에 서울 강동구에서 폭행으로 벌금이 나왔어."

"강동구? 잠깐만……."

순간 뭔가가 노형진의 기억을 스치고 지나갔다.

그는 다급하게 경찰서의 형사과 과장의 징계 기록을 확인했다.

그리고 탄성을 내질렀다.

"여기서 연결된 거군!"

"뭐가 나왔습니까?"

"그 당시에 그가 강동구에서 근무했군요."

"네?"

"그것도 강력계에서 근무했습니다."

강력계에서 근무한 과장.

그리고 그곳에서 체포당했던 전력이 있는 장인.

"그곳에서 서로 알게 되었을 가능성이 높습니다."

"고작 그걸로요?"

"고작이 아니지요."

노형진은 실마리를 찾은 듯했다.

"한 지역에 폭력 조직이 존재하는 경우, 소위 경찰에 대한 '관리'가 들어갑니다."

"그건 상식이지요."

"그러면 그 장인이라는 인간의 나이를 생각해 보죠. 폭행이라는 점을 빼고 말이지요."

"그걸 빼고요?"

"네. 보아하니 일반인을 폭행한 것 같은데, 맞지?"

"맞아."

폭력배에 의한 일반인 폭행.

그런 경우 대부분 실형이 나온다.

그런데 어쩐 일인지 벌금으로 끝났다.

이유는 '주취 감경'이라고 되어 있지만……

"생각해 보세요. 그 나이에 조직에 있는 사람들이 어떤 직급을 가질까요?"

"아⋯⋯."

아무것도 모르는 어린애들은 소위 몸빵을 시킨다.

하지만 폭력 조직도 기업과 마찬가지로 승진이라는 것이 있다.

그래야 더 충성을 하니까.

"지금이 무슨 일제강점기도 아니고, 주먹으로 서열이 정해지지는 않지요."

주먹질로 서열을 정해서 자리를 정하는 게 아니면, 결국 연공서열이다.

"그 나이면⋯⋯."

무태식도 대충 눈치챌 수 있었다.

일반적으로 그 나이면 소위 행동대장 같은 급수가 된다.

"그리고 그 남자를 만나 보셔서 알겠지만, 사실 폭력하고는 거리가 좀 있어 보이는 모습이지요."

"그렇습니다. 그냥 회사에서 일하다가 정년퇴직했다고 들었는데요."

"정년퇴직을 한 게 아니라 퇴직당한 걸 겁니다."

나이 먹고도 여전히 힘이 넘치는 게 아니라면, 당연히 물러나야 한다.

아무리 연공서열 어쩌고 해도, 폭력 조직 전력으로 쓸 수 없다면 의미가 없으니까.

"그 장인이라는 남자의 모습을 보면, 아마도 앞으로 나가서 싸우는 행동대장이라기보다는 뒤에서 관리하는 타입이었을 가능성이 높습니다."

그런 경우 자연스럽게 경찰과 연이 생기고 서로 호형호제한다.

끼리끼리 나눠 먹는 셈이다.

"전혀 몰랐습니다."

무태식은 눈을 찌푸렸다.

그런 식으로 두 집단이 연결되어 있을 줄이야.

"당연히 모르시는 게 정상이지요."

무려 15년 전 일이다.

둘 다 그 지역을 떠났다가 다시 돌아와서 만난 것인 만큼, 이제 와서는 아무런 흔적도 없을 것이다.

"그러면 그 과장이 움직인 이유도 알 것 같네요."

아무리 뇌물을 받고 사건을 무마한다고 해도, 살인 사건은 들킬 위험이 있다.

"그런데 그 장인이라는 인간이 아직도 그 자료를 가지고 있다면?"

돈도 중요하지만, 그 자료 때문에라도 사건을 무마시켜 줄 수밖에 없다.

자신이 다치면 위에 다칠 사람이 한두 명이 아니니까.

그 당시에도 돈을 받고 있을 정도의 자리에 있었다면, 제대로 성장했다면 지금쯤 꽤 높은 위치까지 올라갔을 것이다.

"망할 자식들."

무태식은 이를 빠드득 갈았다.

"중요한 건 그들을 어떻게 해야 하느냐겠군요."

무태식은 눈을 찡그렸다.

"신고?"

"그건 안 좋습니다."

변호사는 업무 중에 알게 된 정보를 지켜야 한다.

이는 권리가 아니라 '의무'다.

물론 이런 건 신고한다고 해도 법적으로 처벌받지는 못한다.

하지만 변호사로서 무태식 그리고 새론의 이름은 바닥으로 떨어질 것이다.

"직원들이 신고하는 건 어때? 어찌 되었건 1억씩 못 받았잖아."

"그건 심증일 뿐이야. 거기에다 구두계약이었고."

증거도 없이 그냥 받기로 했었다는 주장만 가지고는 소송해 봐야 아무런 의미도 없다.

"설사 이긴다고 해도 그건 민사적 문제이지 형사적 문제는 아니야."

"경찰에 슬쩍 알리는 건?"

"전에 말했잖아, 경찰은 팔이 안으로 굽는 대표적인 조직이야. 과연 그들이 그렇게 쉽게 물러날까?"

"으음……."

"노 변호사 말이 맞습니다. 이 경우는 경찰에 알려 줘도 결국은 내부에서 무마되지요."

"검사에게 알리는 건?"

노형진은 손채림의 말에 고개를 흔들었다.

"폭력 조직이 연관된 거라면 검사도 관련되어 있다고 봐야 해."

폭력 조직은 경찰이 전담하지 않는다.

검찰에서도 전담 검사가 폭력 조직을 박멸하려고 한다.

"반대로 말하면, 그 보직에 들어간다면 그 폭력 조직과 관련이 되어 있을 가능성이 아주 높다는 거지."

"허, 웃기네."

"원래 그런 거야. 쥐꼬리만 한 권력이라도 쥐게 되면 그걸 이용하지 못해서 안달이 난 놈들이 있기 마련이지."

노형진은 입맛을 다시며 말했다.

"경찰과 검찰에 알려서 해결되길 바라는 건 무리야. 사건이 무마되거나 덮일 거야."

"설마."

"기억 안 나, 사거리 살인 사건?"

"아……."

엉뚱한 사람을 경찰이 두들겨 패서 범인으로 만들고, 검사는 그걸 귀찮다고 그대로 넘겨서 무려 20년이 넘게 감옥에

갇혔던 사건.

"그 당시에 범인이 자수했잖아. 그런데 경찰하고 검찰에서 어떻게 했지?"

"……그러네."

범인이 자수했지만, 경찰과 검찰은 자신들의 실책이 드러나는 것이 두려워서 그를 체포하기는커녕 입 닥치고 있으라며 겁주고 풀어 줬다.

"자기 잘못이 드러나는 것도 싫어서 남의 인생을 박살 내는 조직이, 뇌물을 받아 처먹고 무마한 살인 사건을 놔두겠어?"

"그럴 리가 없겠네."

물론 지역마다 다를 수도 있다.

하지만 마냥 지역이 다르니까 여기는 다를 거라는 말을 하기에는, 경찰이라는 조직이 곳곳에서 부패한 모습을 너무나도 많이 보였다.

"민사는 어때?"

"의미 없어."

돈 때문에 살인하는 경우, 그 상속권은 박탈이 된다.

그러니 제삼자를 찾아서 그 돈을 찾아올 수 있다.

문제는 이미 자살로 결정되었다는 거다.

"자살인 이상, 제삼자가 소송을 걸어도 이길 가능성은 제로지."

"음……."

"애초에 제삼자라고 해 봐야 누가 있어?"

"하긴."

외동아들이었고, 부모님은 양쪽 다 일찍 돌아가셨다.

아주 먼 친척뿐이니 그들이 소송할 일도 없다.

"맞습니다. 부모님 죽고 왕래도 하지 않았다고 하니."

"끄응……."

대충 흐름은 완성되었다.

그런데 어떻게 이 모든 게 가능한 걸까?

"젠장…… 유언장만 아니었어도."

"그것만 가지고는 안 될 겁니다. 동영상도 있다고 하더군요."

"네?"

무태식은 어리둥절했다.

"그건 처음 듣는 소린데요?"

"네? 경찰에서는 동영상이 있다고 하던데요."

"아니, 그걸 왜 몰랐지?"

"불리해서 이야기 안 한 거 아닐까요? 자살은 보통 보험금
안 주잖아요."

손채림은 어리둥절해서 물었다.

하지만 동영상은 의미가 없다.

"어차피 자살은 확정적인 거야. 유언장도 공개했고, 경찰
도 그렇게 수사 종결 처리했으니까. 동영상이 있다고 해서
문제 될 건 없어 보이는데."

"동영상이라……."

누구도 생각하지 못하고 있던 동영상의 존재.

"왜 무태식 변호사님은 그걸 모른 거예요? 그 사건 담당이시잖아요."

"제가 그 사건 담당인 건 아니죠, 엄밀하게 말하면."

무태식은 그 사건으로 인해 보험회사에 보험금 지급 청구 소송을 담당한 변호사지, 형사사건 변호사가 아니다.

"그러니 보통은 그들이 주는 자료로 소송하죠."

"그 말은, 유가족이 그 자료는 주지 않았다는 뜻이군요."

"그런 거죠."

노형진은 침묵을 지키면서 턱을 문지르다가 조심스럽게 입을 열었다.

"그러면 생각을 바꿔 봅시다. 그 유언장, 본인이 만든 게 맞나요?"

"자필 유언장 맞습니다."

무태식은 이미 그 유언장의 자필 여부를 확인했다.

결과는 자필 유언장이 맞다는 것.

"자, 그러면 사건을 생각해 보죠. 살인 사건으로 보입니다. 그런데 유언장이라는 존재가 있어서 자살로 바뀐 거죠. 그러면 유언장은 어디서 나온 걸까요?"

"유언장요?"

살인이다.

그렇게 생각한다.

그리고 그럴 가능성도 여기저기 있다.

"살인의 조사를 막고 있는 것은 다름 아닌 유언장이지요."

그걸 무력화한다면 경찰에 당당하게 재조사를 요구할 수 있다. 그러면 자신들이 나서지 않아도 사건은 처리된다.

"으음…… 미리 써 놨다?"

"그럴 수도 있지. 하지만 내가 봐서는 아니야."

"어째서?"

"전에 말했잖아, 미리 유언장을 쓴다면 자신의 재산이나 그 이후에 벌어질 일에 대한 말을 써 놓는 게 정상이라고."

"아, 그러네."

하지만 그 유언장에는 그런 게 없다.

유언장을 작성한다는 행위.

그건 본인의 인생을 돌아보게 하는 행위임과 동시에, 뒤에 남을 사람들을 생각하는 과정이다.

물론 그런 내용이 빠진 유언장이 절대 없다는 것은 아니다.

하지만 그런 유언장은 대부분 당사자가 무척이나 격앙된 상태에서, 당장 자살을 시행할 목적으로 작성하는 것이다.

"그런데 상황을 보면 그런 건 아니란 말이지."

차에서 자살하려면 어느 정도 준비 과정도 있어야 한다.

거기에다가 사람들이 없는 구석으로 차를 몰고 가서 자살했다.

"차를 이용해서 자살할 방법은 많아."

벽을 들이받거나 다리에서 뛰어내리거나 하는 식의.

당사자가 격앙된 상황이라면 보통 그러한 극단적인 방법을 쓰지 차분하게 자살할 장소를 찾아가지는 않는다.

"사람이 다니지 않는 국도 한구석에 차를 세우고 자살하는 건, 보통 어느 정도 마음의 준비를 하고 결심을 굳혔을 때 쓰는 방법이지."

즉, 유언장의 내용과 무척이나 다르다는 것.

"거기에다 유언장이라고 해 봐야 결국 두루뭉술한, 가족에게 하는 사과뿐이잖아."

확실히 이상하다.

"그 경찰 기록, 한번 볼 수 있을까?"

"글쎄……."

형사사건이 아니면 그 자료에 접근하는 건 쉽지 않다.

하지만…….

"보여 줄 만한 사람이 있기는 하지."

노형진은 자신을 붙잡고 떠들었던 그 형사를 생각하고 있었다.

⚖

—사랑하는 당신…… 어…… 이런 말을 하기 참 애매하네. 내가 이

렇게 마지막을 준비하게 될 줄은 몰랐는데…….

　동영상을 꺼내 오는 것은 어려운 것이 아니었다.

　무슨 보안 자료도 아니고, 증거로 들어 있는 증거함에서 꺼내서 컴퓨터로 복제하면 되니까.

　"유언장이랑 별반 다를 게 없는데?"

　내용도 비슷하고 남자의 행동도 심각한 것이, 비슷한 반응을 보이고 있었다.

　"어떻게 생각해요?"

　노형진은 김소라를 바라보면서 물었다.

　"이것 때문에 저를 부르신 거죠?"

　"네, 아무래도 이게 뭔가 있다고 생각해서요."

　담당 변호사인 무태식에게도 보여 주지 않았던 증거다.

　이유가 있을 거라는 생각에 노형진은 프로파일러인 그녀를 불렀다.

　"음…… 확실히…… 이상하네요. 유언장도 그렇고."

　그녀가 보기에도 유언장은 이상했다.

　하지만 동영상을 보니 더 이상하다는 생각이 들었다.

　"어떤 면에서 이상합니까? 저희는 그걸 정확하게 잘 모르겠던데."

　무태식도 김소라를 보면서 물었다.

　김소라처럼 훈련된 게 아니라 그저 직감만으로 판단해야

하는 변호사들이어서, 정확하게 특정할 수가 없었다.

"일단······."

김소라는 화면에 멈춰 있는 소지업의 얼굴을 바라보았다.

"확실히 얼굴이 피곤하고 지쳐 보여요. 여러모로 지친 건 맞아요. 하지만 눈빛은 살아 있네요."

"눈빛은 살아 있다?"

"체념이랄까, 그런 게 전혀 안 느껴집니다."

자살은 체념이다.

목숨을 끊을 준비를 하는 사람에게서는 당연히 삶의 의욕이 느껴지지 않아야 한다.

"하지만 그는 아니에요. 시선 처리 같은 걸 보면, 그는 지치기는 했지만 포기한 건 아닙니다."

"흠······."

"그리고 하나 더 있어요."

"어떤?"

"이건 노 변호사님도 지적한 건데, 이 영상에서도 나오네요. 잠깐 종이 좀."

그녀는 종이를 꺼내서 선을 쭈욱 그었다.

"그가 언급한 내용을 기준으로 판단해 보죠. 이게 그의 인생의 타임 라인입니다. 그리고 그 타임 라인을 보면 주로 아내에 대한 미안함이 드러나요. 미래에 대한 이야기는 전혀 없고."

"그건 알겠는데요."

손채림은 고개를 갸웃했다.

그건 자신들도 느꼈던 부분이다.

"그래서 이상한 거죠. 자기 인생의 타임 라인입니다. 시작한다면, 어릴 때의 추억이나 회한이 들어가는 게 보통이지요. 그런데 이건 유언의 대상이 특정되어 있어요."

"네?"

"유언의 대상이 특정되어 있다고요. 그의 어머니나 아버지에 대한 이야기도 없죠. 일반적이지는 않습니다. 아무리 어려서 돌아가셨다고 해도, 일단 성인이 된 후에 돌아가신 거니까. 그런데도 불구하고 언급이 없어요."

김소라는 차분하게 유언장의 내용을 구분했다.

"그리고 가끔 시선이 흔들리는 걸 봐서는, 시나리오를 읽는 듯한 느낌이에요."

"시나리오?"

"네. 이 앞에서 누군가 대본을 들고 있는 거죠."

"으음……."

물론 그럴 수도 있다.

하지만 그렇다면 보통 변호사가 끼고 공증하는 경우다.

그런데 이 동영상이나 유언장에는 변호사가 등장하지 않았다.

실제로 변호사가 공증했다고 나서지도 않았고.

"그래서 이상한 겁니다."

"그러면 누가 강제로 시킨 건 아닐까요?"

무태식의 말에 김소라는 고개를 흔들었다.

"그건 아닙니다. 명확하게 드러나요. 그는 겁먹거나 하지는 않았어요. 드문드문 감정적으로 말문이 막히기는 했지만, 겁먹어서라기보다는 그 말을 하면서 감정적으로 복받쳐서 그런 거고요."

"그러면 여러모로 반대인데……. 이해가 안 가네."

손채림은 김소라의 말을 들으며 고개를 갸웃했다.

도무지 상황이 말이 안 된다.

"이상하네요. 얼굴이나 제스처, 그리고 주변 상황을 봐서는 자살을 생각하고 작성한 동영상은 아니에요. 하지만 내용이 너무 두루뭉술한 것이, 미리 만들어 둔 것도 아니고."

두 가지의 상반된 특성이 공존하는 유언장.

그걸 몇 번이고 바라보던 노형진은 문득 어떤 생각이 들었다.

"이거 화질 좋네."

"그런데?"

뜬금없는 말에 모두의 시선이 그에게로 향했다.

"아니, 그게 중요한 거야?"

"중요하지."

노형진은 눈을 찌푸렸다.

"요즘 핸드폰으로는 이 정도 화질은 안 나오거든."

"그렇지."

물론 미래가 되면 핸드폰 카메라도 어지간한 카메라 이상 되어서 그걸로 영화나 광고도 찍을 수준이지만, 현재는 아니다.

사진도 사진이지만 일단 영상은 전문 기기를 못 따라간다.

"그런데?"

"그런데 그 유가족 집에서 동영상 촬영 기기 봤어?"

"어?"

"그런 거 봤냐고."

"어…… 글쎄요. 저는 못 봤는데요. 뭐, 딱히 꺼낼 물건도 아니지만."

무태식이 그 집에 갔던 기억을 더듬으며 말했다.

"흠……."

"그게 왜 중요해? 눈에 보이지 않았다고 없으리란 법은 없잖아."

"보통은 없지. 동영상 촬영용 캠코더는 목적이 뚜렷하니까."

뭔가를 추억하고 남기고 싶은 마음.

그게 목적이다.

그래서 그런 캠코더를 가지고 있는 사람들은 아이의 모습을 찍기 위해 구입하는 경우가 대부분이다.

"소지업 씨는 아이가 없었어. 그렇다고 취미로 사기에는 너무 고가지."

더군다나 스타트업을 하느라고 소지업은 자금이 바닥을

치고 있던 상황.

"그런데 이런 고가의 캠코더를 구비해 놓고 있었다고?"

화질만 봐서는 절대로 싸구려가 아니다.

"더군다나 그런 걸 찍어서 집에 둔다는 것도 이상하고……."

"그런가요?"

"네, 그리고 가장 이상한 건 이겁니다."

무태식의 말에 노형진은 일어나서 화면의 한 부분을 지적했다.

"거기는 벽이지 않습니까?"

"네, 벽이지요. 하얀색에, 아무것도 없는 아주 깨끗한 벽. 그런데 그런 벽이 있는 곳 보신 적 있습니까?"

"네?"

"이런 식으로 벽지를 바르는 곳, 본 적 있느냐고요."

"어! 그러고 보니 저런 벽지는 본 적 없어!"

손채림도 바로 알아차렸다.

개인적으로 소유한 빌라에 벽지를 바르느라고 몇 번이나 살펴봤으니까.

"벽지는 기본적으로 최소한의 무늬는 들어가기 마련인데? 그냥 아예 하얀색의 벽만 있는 곳은 없어. 꼭……."

"꼭?"

"촬영용 장비 같지 않나요?"

손채림은 뭔가 기억난 듯 서랍을 뒤졌다.

그러자 그녀가 입사할 때 찍었던 증명사진이 하나 나왔다.

"저 뒤의 벽, 이거랑 비슷하지 않아?"

"어, 확실히."

"비슷하네요."

조금 느낌이 다르기는 하지만 비슷하기는 하다.

하얀색에, 최소한의 무늬도 없는 벽.

"이건 벽이 아니야. 촬영용 배경이지."

다들 고개를 끄덕거렸다.

증명사진을 찍어 본 사람들은 다 안다.

사진을 찍을 때 배경이 되는 곳.

보통은 하얀색의 커다란 천을 이용하는데…….

"비슷하네."

화면에 나타난 장면과 그 배경은 너무나 느낌이 비슷했다.

"자, 그럼 생각해 보자. 촬영용의 배경이 집에 있을 리는 없지. 그렇다면 어디서 찍었을까?"

"사진관?"

가능성이 높은 곳은 그곳뿐이다.

하지만 노형진은 고개를 흔들었다.

"사진관에서 그런 것까지 찍어 주지는 않아. 그리고 보통 유언장을 녹화할 때는 편안한 장소에서 편하게 하지, 굳이 사진관을 빌리지도 않고."

"그러면?"

"과연 유가족들이 이걸 보여 주지 않은 이유가 뭘까? 그에 집중해 보자고. 내용? 어차피 내용은 유언장과 비슷해. 그런데 사실 그게 더 이상한 거지. 유언장은 즉흥적으로 쓸 수 있지만 동영상은 아니야. 그런데 동영상을 찍을 때까지도 자기 삶을 정리를 못 해서 추상적으로 이야기한다고?"

일반적인 삶의 방향을 봐서는 그건 논리적으로 말이 안 된다.

죽음이 다가올수록 사람은 가능하면 신변을 정리하려고 한다.

그래서 자살 징후의 첫 번째가 신변 정리다.

"우리에게 보여 주고 싶지 않았던 것은 내용이 아니라 화면 그 자체라는 것이지."

딱히 특이할 것도 없는 화면이다.

그런데 어째서 그들은 이런 동영상의 존재를 감췄을까?

모두가 침묵을 지키는 사이, 노형진은 화면의 하얀 벽을 툭툭 치면서 말했다.

"자살…… 유언장…… 신변 정리……."

그 순간 노형진의 머릿속을 스치고 지나가는 게 있었다.

"잠깐만."

"응?"

"내가 말한 것들, 그게 공통적으로 뜻하는 게 뭐지?"

"뭐긴 뭐야, 죽음이지."

딱히 어려운 것도 아니다.

노형진은 화면을 끄고 인터넷을 켰다.

"왜 그러십니까?"

"어떻게 된 건지 알 것 같아서요."

"네?"

"잠시만요."

몇 가지 키워드를 조합해서 인터넷에서 검색하는 노형진.

그러자 화면에 떠오르는 한 줄의 인터넷 사이트 주소.

"죽음 체험 프로그램?"

"뭐야, 이게?"

"이런 게 있었습니까?"

죽음을 체험한다니, 도무지 말이 안 되는 소리다.

'내 기억이 희미하기는 하지만 맞았군.'

아주 오래전, 그러니까 회귀하기 전 어릴 적에 모 방송 프로그램에서 본 적이 있는 사업이었다.

하지만 모든 기억과 시간이 흘러가듯 그것도 스쳐 지나갔고, 지금은 대부분의 사람들이 이런 사업의 존재를 모른다.

"죽음 체험 프로그램. 일종의 정신 수양 프로그램입니다. 그리고 그 내용은……."

노형진은 홈페이지에 들어가서 설명을 켰다.

―죽음을 준비하는 과정과 그 장례 과정을 거치면서 삶에 대해 다시 생각하는 기회를 가지는 곳입니다. 입소 후 유언장 작성과 유언

동영상 작성, 영정 사진 촬영 등을 통해 마음을 정리하고…….

그걸 본 사람들은 서로를 바라보았다.

⚖️

"죽음 체험 프로그램에서요?"
"네."
한국에서 그런 사업을 하는 곳은 딱 한 곳뿐이다.
애초에 이런 게 큰 시장을 이룰 수는 없다.
죽음을 생각한다는 것.
그건 그러한 행동만으로도 기분을 거북하게 하니까.
"유언장 작성 같은 거 다 여기서 하지요?"
"그렇습니다만……."
회사 대표는 자신을 찾아온 변호사들의 표정에 살짝 놀란
얼굴이었다.
"그거, 이후에 어떻게 하나요?"
"원하는 대로 해 드립니다."
"원하는 대로?"
"폐기를 원하신다면 저희가 소각해 드리고, 가지고 가고
싶어 하신다면 그냥 가지고 가시면 되고요."
"으음……."

노형진은 신음을 냈다.

유언장.

그것도 자필로 된 유언장.

"여기서 유언장은 어떻게 씁니까?"

"수기가 원칙입니다."

수기.

즉, 손으로 써야 한다.

'드디어.'

비밀이 풀리기 시작하자, 노형진은 눈을 반짝거렸다.

"그러면 그걸 가지고 가서 유언장 대용으로 쓸 수도 있나요?"

"불가능한 건 아니지요. 그런 사례가 있는지는 모르겠습니다만."

"보통 시간은 얼마나 걸립니까?"

"처음부터 끝까지요?"

"네."

"보통 네 시간이면 끝납니다."

네 시간.

절대로 긴 시간이 아니다. 그러니 만일 네 시간 안에 유언장의 내용을 만들어야 한다면…….

"일단은 두루뭉술하게 만들어지겠군요."

정확하게 마음을 정리할 시간도, 재산 내역을 정리할 시간도 없으니까.

"네?"

이해가 안 가는 듯 눈을 찌푸리는 사장.

"사실은 의심스러운 상황이 벌어져서요."

노형진은 사장에게 지금 벌어진 상황을 설명해 줬다.

그러자 사장의 얼굴이 딱딱하게 굳었다.

"설마……."

"단도직입적으로 묻겠습니다. 가지고 간 유언장과 촬영 동영상을 다른 사람이 본다면, 진짜 유언장과 촬영 동영상으로 착각할 수 있나요?"

사장은 잠시 입술을 깨물다가 고개를 끄덕거렸다.

"저희는 가상의 죽음을 눈앞에 두고 삶을 되돌아볼 수 있는 시간을 주기 위해 이 사업을 합니다."

"그 말은?"

"유언장 작성부터 촬영까지, 모든 것이 실제와 똑같다는 거지요. 다른 거라면 변호사가 동석하지 않는다는 것 정도겠네요."

노형진은 눈을 반짝거렸다.

"혹시 장소를 둘러볼 수 있을까요?"

"장소요?"

"네, 그 동영상의 촬영 장소요."

"그건 어렵지 않지요."

사장은 바로 자리에서 일어나 일행을 이끌고 어디론가 향했다.

"여깁니다."

벽에 걸려 있는 하얀색의 커다란 천.

그리고 그 앞에 놓여 있는 캠코더 하나.

확실히 고가의 촬영 장비다.

"그거랑 같은 장면이야."

"그래서 안 보여 준 거군."

혹시라도 그 촬영 장면을 보면 이곳을 유추할 수 있을까 봐.

그래서 그들은 무태식에게 유언장은 보여 주면서도 영상은 보여 줄 수가 없었던 것이다.

"카메라로 찍으면 이 안에서 정확하게 찍히겠군요."

"네."

사장이 전원을 넣자, 캠코더의 화면에 영상 속에서 보았던 그 풍경이 떠올랐다. 아마 아무것도 모르는 사람이 봤다면 벽이라고 착각했을 것이다.

"이곳이 유언 영상 및 영정 사진을 촬영하는 곳입니다."

"영정 사진도 가져갈 수 있습니까?"

"물론입니다. 원하시는 경우에 한해서지만요."

"마치 마법처럼 퍼즐이 맞아떨어지네."

그 모든 일이 여기에서 벌어졌다.

"혹시 누가 여기에 왔다 갔는지 알 수 있나요?"

"글쎄요."

사장은 곤란한 듯 머리를 긁었다.

"생각보다 여기에 오는 분들이 많습니다. 처음에는 사진을 찍어서 보관할까도 생각했지만 오는 분들도 많고, 또 마음을 정리하는 곳에 와서 기념사진을 찍고 남긴다는 건 어불성설인지라……."

"왔던 사람에 대한 최소한의 흔적도 없습니까?"

"방명록은 있습니다만…… 그건 좀……. 개인 정보 보호법도 있고……."

"그래요? 그렇다면 다음번에 영장을 받아서 올 때 기자와 동행하겠습니다."

"네?"

노형진의 말에 사장은 깜짝 놀랐다.

"이런 신기한 사건을 기자들이 좋아하지 않겠습니까?"

사장은 똥 씹은 표정이 되었다.

그럴 수밖에 없다. 여기서 만들어진 영상과 편지가 살인 사건을 은폐하는 데 가장 중요한 증거로 사용되었다면 누가 여기에 오려고 하겠는가?

"아니…… 얼마든지 보여 드리지요. 네, 얼마든지요. 하지만……."

"하지만?"

"그것도 수기인데요."

"네?"

"아, 망할. 뭔 놈의 인간들이……."

똥 씹은 표정으로 방명록을 일일이 뒤지는 손채림.

"뭐가 그렇게 삶에 정리할 게 많아? 평소에 좀 제대로 살든가."

생각보다 많은 방명록을 뒤적이면서 툴툴거리는 그녀.

"제 말이요. 아니, 평소에 바르게 살 생각은 안 하고 여기서 죽음이 어쩌고저쩌고하면서 '아, 나는 바르게 살아야겠다.'라고 하면, 그게 무슨 의미가 있답니까?"

무태식조차도 질려 버렸다는 듯 외쳤다.

"인간은 좀 그럴듯한 걸 좋아하거든요. 사실 이 사업 아이템 자체는 참 좋아요."

노형진은 막 다 본 방명록을 덮으면서 한숨을 푹 쉬었다.

"인간이 못 배워 처먹어서 그렇지."

"맞습니다."

여기서 자신의 인생을 돌아보고 돌아가면 뭐 하나, 가면 다시 똑같은 짓을 하면서 사는데.

"군대에서는 죄다 효자라는 말이 그냥 생긴 게 아니라니까요."

군대에서는 가족 생각과 부모님 생각에 다들 효자가 된다.

하지만 제대하고 나면 또다시 용돈 받으면서 살고, 취업 못 하면 백수로 지낸다.

"으아, 1년 치 다 봤다!"

적지 않은 방명록들이다. 이 사업이 시작된 지 벌써 10년이 넘었으니 그동안 거쳐 간 사람들의 숫자는 어마어마했다.

"그나마 최근에는 컴퓨터로 참가자들을 기록하는 모양인데."

"최근이니까요."

하지만 그 전에는 '누구 외 몇 명 참가' 정도로만 기록하는 게 다였다. 그러니 예약자가 아니면 방명록에서 이름을 일일이 찾아야 한다.

"으으, 죽겠네. 저녁도 못 먹고……."

툴툴거리면서 명단을 넘기던 손채림은 다른 걸 아무거나 집어 들었다.

"아니, 그 사람은 왜 온 거야?"

"자기가 힘드니까 마음 정리하러 온 거겠지."

"그러면 그냥 버리고 가든가. 왜 여기에 두고 가서 그런 꼴을……. 어? 찾았다!"

"응?"

"여기 찾았어!"

노형진과 무태식은 자리에서 벌떡 일어났다.

"여기, 여기!"

방명록에 적혀 있는 '소지섭'이라는 이름.

무태식은 주먹을 불끈 쥐었고, 노형진은 미소 지었다.

"잡았네요, 후후후."

누구 마음대로 자살이래

증거는 찾았다.

관련 동영상과 유언장 작성법까지, 모든 증거를 찾았다.

"문제는 경찰이야."

제대로만 수사된다면 이게 본인이 쓴 게 아니라는 것쯤은, 아니 자살 목적으로 쓴 게 아니라는 것쯤은 어렵지 않게 알아낼 수 있을 것이다.

"제대로 수사가 된다면 말이지."

손채림이 묘하게 비릿한 미소를 지으며 말하자, 무태식도 입가에 씁쓸한 미소를 떠올렸다.

"제대로 될 리가 없지요."

"제대로 수사된다는 건 경찰들이 뇌물을 받아 처먹었다는 사실이 드러난다는 의미니까."

　당연히 그들은 사건을 무마하려 할 것이다.

"검찰에 넣어도 그럴 테고."

"다른 경찰서에 넣을까?"

"팔이 안으로 굽는 거야 뭐 경찰서 나름으로 구분되는 거 아니잖아?"

　거기에다 순환 근무를 하다 보면 결국 서로 잘 알게 되는 경우가 대부분이다.

"감찰부에 넣는 게 제일 좋을 것 같습니다."

　일단 감찰부는 이런 일을 조사하는 기관이다.

　그런 만큼 사건이 접수되면 조사할 수밖에 없다.

"하지만 제대로 할까요?"

"왜? 그래서 감찰 부서인데 제대로 안 하겠어?"

"이게 좀 문제인데, 개인의 비위에 관해서는 감찰부도 제일을 하거든. 그런데 집단의 비위는 제대로 일을 안 해."

"응?"

"말 그대로야. 집단의 비위에 대해서는 덮으려고 하는 성향이 있어."

　개인이 뇌물을 받거나 사건에 힘써 줬다?

　그렇다면 감찰부는 움직인다.

　하지만 그 비위 사실이 경찰 조직에 누가 되거나 조직 전반에 걸쳐서 일어나는 일이라면, 무마하려고 움직인다.

"팔이 왜 안으로 굽겠어?"

"끄응…….."

손채림도 무태식도, 이걸 어쩌나 하는 생각에 빠져들었다.

"가장 좋은 건 언론인데."

"하지만 언론에 나가면 우리가 그 업체 사장에게 했던 약속은 못 지키게 돼."

그러니 언론은 빼고 이야기해야 한다.

"그러면 어쩐다."

손채림은 턱을 스윽 문질렀다.

그때 고민하던 노형진의 머릿속에 갑자기 스치는 생각이 있었다.

"무태식 변호사님."

"네?"

"아직 민사 안 끝났지요?"

"아직 진행 중이지요."

"그걸 이용하죠."

"네?"

무태식은 당황했다.

그걸 이용하자니?

그런데 노형진의 말을 들어 보니 상당히 그럴듯했다.

"기본적으로 이번 소송은 보험료를 받아 내기 위한 것인 거 맞지요?"

"네, 맞습니다."

"그리고 자살은 보험료를 지급하지 않는다는 것이 기본이고요."

"네. 그래서 문제지요."

"그런데 만일 살인이라는 증거를 내놓는다면?"

"에?"

"살인이라는 증거를 내놓는다면요? 이건 누가 봐도 살인이다, 그러니 보험료를 내놓으라고 한다면?"

"아하!"

무태식 자신은 제대로 일한 거다.

애초에 의뢰의 목적은 보험료를 받아 내는 것.

"살인이 인정되면 당연히 보험료는 나옵니다. 무태식 변호사님은 수사를 해서, 자살인 줄 알고 못 받을 뻔한 돈을 받아 낸 유능한 변호사가 되는 거죠."

"오호, 확실히 그건 좋은 방법이네요."

그리고 그런 경우는 자신이 업무상 비밀 유지 의무를 깬 것이 아니다.

살인이라는 증거를 찾아서 제출함으로써 살인만 입증하면 되는 거니까.

"어? 하지만 살인범은 유가족이잖아?"

"의심이지."

"뭐?"

"엄밀하게 말하면 우리가 하는 모든 행동은 의심에서 우러난 거야. 다 가능성의 문제지."

그렇게 촬영한 것을 아내가 집에 보관했다는 것도, 장인이 깡패라는 것도, 그리고 부정한 경찰과 장인이 관계가 있다는 것도.

"엄밀하게 말하면 의심이야. 즉, 살인범이 유가족이라는 확증은 없는 거지."

"그러면?"

"중요한 건 그거야. 사건은 누가 봐도 살인이다, 하지만 범인이 누구인지 모른다."

"아하!"

살인인 것만 법원에서 인정받는다면?

"아무리 민사사건이라고 해도, 새로운 증거가 나온 이상 경찰이 움직이지 않을 수는 없어."

그리고 다시 움직여야 하는 상황에서, 경찰이 바보가 아닌 이상에야 제대로 수사할 것이다.

아니, 할 수밖에 없을 것이다.

"아마 무태식 변호사가 증거를 다 가지고 있다고 생각하겠지. 틀린 말은 아니고."

노형진은 씩 웃었다.

"과연 저들이 뭐라고 지껄이는지 두고 보자고, 후후후."

"재판장님, 이번 사건에서 보험회사인 피고 측은 원고의 자살로 인해 보험금을 지급하지 못한다는 주장을 하고 있습니다."

작전이 시작되자 무태식은 스스로 결심을 굳히고 법원으로 나갔다.

"당연합니다. 기본적으로 자살한 이후에 보험금을 지급하는 것은 보험 사기를 불러올 뿐만 아니라 보험금을 노린 자살을 불러올 가능성이 높습니다."

상대방 변호사는 능숙하게 방어했다.

방어를 한두 번 해 본 게 아닌 데다가, 몇 년 동안 이런 싸움을 계속해 왔지만 법원에서도 아직은 자살로 인한 보험금 지급을 인정하지 않아서 이기는 것이 어렵지 않았기 때문이다.

하지만 그다음 순간 그들은 지금까지와는 전혀 다른 상황을 맞이하게 되었다.

"재판장님, 저들의 주장은 자살이기 때문에 보험료를 지급하지 못한다는 것입니다. 하지만 이번 사건은 자살이 아니라 살인입니다. 그리고 피해자 소지업 씨는 그 살인의 피해자로서 보험금을 받을 자격이 인정됩니다."

"뭐라고요?"

"뭐라는 거야, 지금?"

갑자기 살인으로 주장이 확 바뀌자 어리둥절한 보험사 측 변호사들.

심지어 판사도 다급하게 무태식에게 물어볼 정도였다.

"원고 측 변호인, 그게 무슨 말입니까? 살인이라니요?"

"말 그대로 살인입니다."

노형진은 그 순간 슬쩍 소지업의 아내의 얼굴을 바라보았다.

'당황했군.'

어째서인지 그녀의 표정에는 상당한 당혹감이 드러나 있었다.

사실 당연한 거다.

설마 여기서 살인이라는 말이 나올 거라고는 상상도 못 했을 테니까.

"그러니까, 이번 사건은 살인이니까 보험료를 지급하라 이건가요?"

"그렇습니다."

"원고 측 변호사, 말이 되는 소리를 하세요. 살인이라면 물론 지급해야겠지요. 하지만 저희가 알기로는 새로운 변경 사항은 없습니다."

아무리 저쪽에서 우긴다고 해도, 살인이라고 하면 보험사는 보험료를 지급할 수밖에 없다.

그래서 그들은 이미 사건을 몇 번이나 확인한다.

경찰이 자살로 종결 처리했다는 것을 알고 있는데 살인이라니?

"일단 살인이라는 새로운 증거가 나왔습니다. 다만 아직 경찰에 넘어가지는 않았습니다만."

"그래요?"

무태식은 차분하게 말을 이어 갔다.

"이번 사건에서 가장 특이한 점은 소지업 씨가 사람이 없는 곳에서 수면제를 먹고 번개탄을 피우고 자살했다는 점입니다."

"그래서요? 번개탄을 피우고 자살하는 경우는 많습니다."

"하지만 그 당시 현장에 왔던 부검의의 기록에 따르면, 소지업 씨는 일산화탄소중독으로 인한 고통 같은 것 없이 갔다고 했습니다. 물론 소지업 씨는 경찰로부터 자살 판단이 떨어진 후에 빠르게 화장되어서, 부검을 하지는 못했습니다만."

사실 이것도 말이 안 된다.

의심이 되는 사안의 경우 기본적으로 부검을 하는 게 정상이다.

그런데 어째서인지 경찰은 부검을 하기는커녕 최소한의 의심도 하지 않았다.

"1차 보고서에 따르면 사망자인 소지업 씨는 수면제를 먹은 후에 차 안에서 번개탄을 피우고 자살한 것으로 보입니다. 하지만 상식적으로 생각해 보시죠. 번개탄이 왜 번개탄일까요?"

번개탄은 무서울 정도로 불이 잘 붙는다.

그래서 번개처럼 붙는다 해서 '번개'탄이다.

"그로 인해 과도한 일산화탄소를 내뿜습니다. 그런데 그 일산화탄소는 우리가 아는 것과는 좀 다르지요."

기본적으로 일산화탄소는 무색에 무취다.

그래서 과거에 연탄을 피우는 집에 일산화탄소가 들어가서 죽는 사고도 종종 있었다.

"하지만 현재의 번개탄은 아닙니다. 캠핑을 가서 피워 보신 분은 아시겠지만, 불을 붙이는 순간 엄청난 연기와 냄새가 뿜어져 나오지요. 사람이 차 안에 번개탄을 두고 느긋하게 잠들 수 있는 수준이 아닙니다."

"으음……."

자욱한 연기는 점막을 자극하고 극도의 고통을 준다.

"그 고통을 느끼지 않기 위해 수면제를 먹은 거 아닙니까?"

"수면제를 먹고 잠드는 데에는 시간이 좀 걸립니다. 그리고 애초에 수면제를 어디서 구했는지도 알 수가 없고요. 수면제는 병원에서 쓰는 그런 마취제랑 같지 않습니다."

기본적으로 생각해도 일단 수면제를 먹고 번개탄을 피우고 그 안에서 죽음을 맞이한다고 해도, 그 냄새와 고통 때문에 몸부림치게 될 수밖에 없다.

"으음……."

판사 역시 의심하자 상대방 변호사는 다급하게 변명했다.

"외부에서 피워서 들어온 거 아닙니까?"

초반에만 연기가 피어오르지, 나중에는 그렇게 심한 냄새나 연기는 나지 않는다.

그러니 피워서 연기를 뺀 후에 차를 둔다면 스르륵 잠들듯이 죽을 수 있다고 주장하는 상대방 변호사.

어쩔 수가 없다.

수억의 돈이 걸려 있는 소송이니까.

"외부에는 그런 흔적이 없었습니다만?"

번개탄을 피우면 초반에 그 강한 열기 때문에 흔적이 남는다.

하지만 외부에서 피웠다는 흔적은 전혀 없었다.

"날아갔겠지요."

싸우는 두 사람을 보다 못한 판사가 말리고 나섰다.

"그만! 여기는 민사 법정이지 형사 법정이 아닙니다. 그리고 원고 측 변호인, 그건 어디까지나 가설이지요. 현장에서 본 게 아니지 않습니까? 살인을 증명하기 위해서는 그에 맞는 증거를 보여 줘야 하는 거 아닙니까?"

"맞습니다."

번개탄의 이용 방법은 어디까지나 가설이다.

"그러면 이번 사건이 자살이라는 가장 강력한 증거인 유언장과 유언 동영상에 대해 이야기하겠습니다."

"유언장에 대해서?"

"그런데 유언 동영상은 뭐야?"

이것이 법이다

전혀 예상하지 못한 말에 다들 어리둥절했다.

특히 유언 동영상이라는 말을 들은 원고 측의 가족은, 당장이라도 뛰어나갈 것처럼 엉덩이를 들썩이고 있었다.

"경찰에 협조를 요청하던 중 관련 동영상이 있다는 사실을 알았습니다. 사실 유언장과 내용은 비슷합니다만 그 작성법이……."

무태식은 차근차근 자신들이 어떻게 그 자료를 얻었으며 어떤 식으로 사건을 추적했는지 설명했다.

그리고 그게 어떤 식으로 작성되는지 확실하게 설명해 줬다.

"여기 새로운 증거로, 그 당시 해당 기업에 방문했던 방명록을 제출하는 바입니다. 이는 본인의 필체로 작성된 자필 서명입니다."

"뭐야?"

"그러면 유언장이 가짜라는 거야?"

웅성거리는 사람들.

그리고 당혹감을 감추지 못하는 보험회사 변호사.

하지만 그가 당혹한 것은 그냥 사건이 예상하지 못한 쪽으로 가서 그런 것뿐이었다.

진짜 당황하는 사람들은 따로 있었다.

"재판장님, 이 동영상 내의 배경을 확인하여 주십시오. 보다시피 배경이 해당 기업의 촬영장과 동일합니다. 그리고 시선 처리를 봐 주시기 바랍니다……."

한참을 이어지는 설명.

그리고 마지막 쐐기를 박는 증거.

"그리고 지금까지 집중하지 않았던 유언장의 서식을 봐 주시기 바랍니다."

"서식?"

"그렇습니다. 이 서식은 해당 기업에서 자체적으로 간격과 줄을 맞춰서 인쇄하여 사용하는 것으로, 외부에서는 동일한 서식의 인쇄물을 구할 수 없습니다. 물론 비슷하게 만들수는 있겠지만, 자살을 하려고 하는 사람이 남의 기업의 서식을 복사해서 쓸 일은 없겠지요."

"다운받았겠지요."

"해당 파일은 누구도 인터넷에 올리지 않았습니다. 애초에 유언장 서식이라는 걸 올릴 이유도 없고요."

자필 서명까지 있는 방명록에 서식, 배경까지 그 모든 게이번 유언장이 해당 업체에서 만들어진 거라는 것을 증명하고 있었다.

"이상입니다."

무태식은 모든 설명을 마치고 뒤로 물러났다.

"음…… 피고 측, 피고 측은 해당 증거를 검토하고 변론 준비를 해 주시기 바랍니다. 변론 기일은 2주 후로 잡겠습니다."

"예스."

무태식은 이겼다는 듯 주먹을 불끈 쥐었다.

그리고 자신의 의뢰인을 바라보면서 씩 미소 지었다.

"이겼습니다."

"잘렸네요?"

"자르지. 나 같아도 자르겠네."

변론이 끝나기 무섭게 무태식은 잘렸다.

확실하게 이기는 재판이고 심지어 살인인 것까지 증명한 사람을 자르는 그들의 행동은, 모든 의심을 확신으로 만들어 주는 데 부족함이 없었다.

"뻔한 거야. 그들 입장에서는 살인이 드러나는 걸 바랄 리가 없으니까."

"그렇다고 자르다니, 바보인가 보군요."

"예상 못 한 상황이 되니 당황해서 움직인 거죠."

노형진은 그걸 재판정에서 까발리면 분명히 그들이 어떤 방법이든 쓸 거라고 예상하고 있었다.

그리고 그 방법은 사실상 하나뿐이었다.

"무태식 변호사님을 자르고 소를 취하하는 것. 그 방법밖에 없죠."

재판이 길어질수록 무태식이 살인에 대한 증거를 더 물고 늘어질 텐데, 그랬다가는 자신들의 범죄가 외부에 드러날 가능성이 높아지기 때문이다.

"노 변호사님 말대로 잘렸는데, 이제 어쩌죠?"

노형진은 씩 웃었다.

"소는 취하되었습니다. 그리고 변호사는 해직되었지요. 그러면 무태식 변호사님은 비밀 유지 의무를 지킬 필요가 없지요."

노형진의 말에 손채림은 고개를 갸웃했다.

"비밀 유지 의무는 그런 게 아니잖아? 말 그대로 그 과정에서 알게 된 모든 것을 누설하지 말라는 거 아니야?"

"그렇지."

재판을 하게 된 과정에서 알게 된 비밀들.

그걸 변호사가 나불거리면 여러모로 세상이 혼란스러울 수밖에 없다.

그러니 그걸 말하지 말라는 것.

그게 비밀 유지 의무다.

"그건 변호사가 잘리거나 소가 취하된다고 사라지는 게 아니잖아."

손채림은 그 부분이 이해가 가지 않았다.

나는 잘렸으니까, 또는 소송이 끝났으니까 모든 걸 까발리는 것은 상식적으로 말이 되지 않으니까.

"알아. 그래서 내가 무 변호사님한테 범인에 대해서는 이야기하지 말라고 한 거야."

이것이 법이다

"응?"

"의심일 뿐이지."

살인에 대한 정황상의 증거는 넘쳐 난다.

그 정황상의 증거를 가지고 재판하면 이길 수 있다.

"하지만 여전히 비밀 유지 의무에 묶여 있기는 하지."

"그런데?"

"문제는 이거야. 이걸 바깥에 내놓는 것이 의뢰인에게 도움이 될 것이냐 아닐 것이냐."

비밀 유지 의무라고 하지만 의뢰인에게 도움이 되는 것까지 말하지 않으면 재판 자체가 성립되지 않는다.

질 수밖에 없으니까.

"우리에게는, 아니 무태식 변호사님에게는 살인이라는 확실한 증거가 있어. 그러면 그걸 외부에 터트리면 의뢰인에게 도움이 되는 거 아닐까, 정상적인 경우라면?"

"어?"

손채림은 입을 쩍 벌렸다.

그건 맞는 말이다.

하지만 거기에서 한 가지 오류가 생긴다.

"하지만 그러면 굳이 저쪽에서 우리를 자르게 할 이유가 없잖아?"

그냥 이쪽에서 경찰이나 어디에 넣었으면 되는 거다.

물론 경찰에서 덮어 버릴 가능성은 여전히 존재하지만.

"그들과 계속 연결되어 있으면 우리는 그들과 이 문제를 상담해야 하지."

"어? 아! 그러네!"

일단 의뢰인이니까, 고발하기 전에 의뢰인과 이 문제에 대해 이야기해야 한다.

"하지만 이제는 의뢰인이 아니지."

즉, 이제는 무태식 변호사가 독단으로 고발을 진행할 수 있다는 것이다.

나중에 문제가 되면 자신은 의뢰인의 사건 해결을 위해 조사 중에 알게 된 정보를 경찰에 제공한 것뿐이라는 말만 하면 된다.

"그리고 그게 사실이고."

'살인범이 누구입니다.'라고 주장하는 게 아니라, '살인 사건인데 자살로 은폐되었습니다.'라고 주장하는 것뿐이다.

거기에다가 애초에 무태식 변호사가 의뢰받은 것은 보험사로부터 보험료를 받아 내는 소송.

"사건의 진실을 밝혀내서 돈을 받아 내는 것 역시 방법 중 하나거든."

"허."

절묘하게 모든 것이 계획대로 돌아가는 구조.

"그들이 자르지 않았다면 어쩔 뻔했습니까?"

"글쎄요. 정말 자르지 않았을까요?"

가까이에 진실에 근접한 사람이 있다.

거기에다 그는 법원에서 그걸 주장하고 있다.

"하지만 자신들이 그걸 하지 말라고 하기에는, '우리가 살인범입니다.' 하고 자인하는 꼴이지 않습니까? 결국 남은 카드는 하나뿐이지요."

무태식을 자르고 소를 취하하는 것.

대부분의 변호사들은 그러면 그냥 손을 놔 버리니까.

"아마 지금쯤 돈 욕심에 보험료를 받아 내려고 한 자신들의 행동을 후회하고 있겠지요."

노형진은 키득거리면서 웃었다.

그들의 행동이 두 눈에 뻔하게 보였다.

"다음 작전을 시작하지요."

"다음 작전?"

"네. 일단 감찰부와 접촉하는 겁니다."

"감찰부?"

"네. 아까도 말했지만, 살인의 증거를 가지고 있다고 하는 거지요. 또한 비위 경찰관들의 정보와 그들이 받은 뇌물의 액수까지 알고 있다고요."

"응? 살인이 아니고?"

"말했다시피 그들은 사건이 들어가면 무마시킬 수 있는 능력이 있어."

아무리 자신이 증거를 가지고 있고 그걸 경찰에 준다고 해도, 경찰이 수사하면서 증거를 조작해 버리면 의미가 없다.

"그럴 때는 차라리 돌려서 까는 거지."

"돌려서 깐다?"

"그래, 그들이 감시받고 있다는 걸 느끼게 해 주는 거야.
그리고……."

깊은 숨을 들이킨 노형진은 차분하게 입을 열었다.

"그들이 움직이게 하는 거지."

"뭐?"

감찰부.

경찰의 비리를 까발리는 곳.

하지만 대부분의 경찰서가 그렇듯 제대로 작동하지 않는다.

감찰이 들어오면 서로 끼리끼리 감추고 은닉하니까.

애초에 감찰부 직원을 따로 뽑는 것도 아니고 순환 보직으
로 돌아가면서 하는 상황이다 보니 그런 식으로 될 수밖에
없다.

"무태식이라는 놈이 그렇게 말했다고?"

"그래. 관련 증거가 있는데 우리한테 넘기고 싶다는 거야."

"이런 미친……."

한데 모인 관련자들은 얼굴이 사색이 되어 있었다.

다른 것도 아니고 살인 사건이다.

그걸 은닉한 사실이 드러나면 경고만으로 끝나지 않는다.

"내가 커트하기는 했지만, 이게 위로 가면 어떻게 되는지 알지?"

"알지, 씨발."

감찰은 그 사건에 대해서만 하는 게 아니다.

하나가 의심되면 그 사람에 대해 전부 조사하게 된다.

그리고 그런 경우 대부분 좋은 꼴 보기 힘들다.

"난 절대로 감옥에 안 가! 아니, 못 가!"

"너만 그래? 우리도 그래!"

다른 사람도 아닌 경찰이 감옥에 간다?

그러면 좋은 꼴은 절대 못 본다.

매일같이 린치를 당하고 매일같이 괴롭힘당할 게 뻔하다.

차라리 정치 사범이나 고위급 검사나 판사라면 독방을 주면서 보호라도 해 주겠지만, 일반 경찰에게까지 독방을 주면서 보호하려고 하는 교도소는 없다.

"그래서 그거 받아서 어쩌기로 했어? 주기는 했어?"

"아직 정리가 덜 끝났다고 하더라고. 그래서 다음번에 주기로 했어."

"그러면 그거 받아서 은폐하면……."

"그거 검찰에 같이 넣는대, 감사원까지."

"이런 씨발."

다들 얼굴이 어두워졌다.

검찰까지는 어떻게 실드 칠 수 있겠지만, 감사원은 전혀 예상하지 못했다.

"뭘 노리는 거야?"

"내가 보기에는 이번 사건을 은폐한 우리를 노리는 것 같아."

"어째서?"

"살인범이 누군지 모르는 것 같더라고. 하지만……."

"우리는 안다는 거군."

그게 아니라면 그렇게 여기저기 자료를 넣겠다고 할 리가 없다.

"니미 씨발, 멍청한 집구석. 그 돈이 욕심이 나서 일을 이렇게 키워?"

경찰들은 이를 빠드득 갈았다.

보험사로부터 돈을 받으려고 소송했다는 건 들었다.

하지만 설마 이런 식으로 일이 굴러갈 줄은 예상도 못 했다.

"망할, 어쩌지?"

다들 바들바들 떨었다.

일이 커지면 자신들은 끝장이다.

"그런데 이상한 게, 왜 우리한테 말한 거야?"

"응?"

"그렇잖아. 감사원에 바로 찔러 넣으면 그만 아니야?"

"경고겠지."

"경고?"

"그래. 지금이라도 자수하라는 경고."

"자수하면? 이게 그런다고 무마될 일이야?"

그럴 만한 사건이 아니다.

그럴 만한 사건이면 애초에 하지도 않았고.

"망할…… 서장님 때문에 이게 무슨……."

"쉿! 조용히 해!"

서장이 시킨 일이기는 하지만, 자신들이라고 마음대로 욕할 수 있는 것도 아니다. 어찌 되었건 자신들도 그 뽀찌를 나눠 먹은 것은 사실이니까.

"죽여 버릴까?"

그 순간 누군가 하는 말. 그리고 흐르는 침묵.

"야…… 설마……."

"아니, 잠깐…… 기다려 보자. 죽여 버리는 거, 진짜 생각 좀 해 보자."

"야!"

"으으으……."

경찰들은 머리를 부여잡았다.

⚖️

"못 죽인다고?"

한편 손채림은 자신이 생각한 가능성을 이야기하다가 되물었다.

　　그녀가 걱정하는 것은 경찰이 직접적으로 당사자에게 손쓰는 것, 즉 살인을 실행할 가능성이었다.

　　하지만 노형진의 생각은 좀 달랐다.

　　"응, 못 죽여."

　　"어째서?"

　　"무태식 변호사님은 혼자가 아니니까. 생각해 봐. 그는 우리 새론 소속이야. 새론의 변호사로서 업무를 보는 사람이니 그가 죽으면 당연히 그의 업무에 관해 조사가 들어가겠지."

　　"아하!"

　　"그래서 못 죽여. 죽인다고 해서 바뀌는 게 아니니까. 아니, 도리어 더 심해지겠지."

　　사건을 은닉한 것은 업무상 배임이다.

　　하지만 무태식이 죽으면 그건 살인이다.

　　"그러니 그들은 그럴 생각은 해 볼 수 있을지언정, 절대 못 죽여."

　　"하지만 영화 같은 데서는 막 죽이던데?"

　　"아무래도 그런 건 좀 극적인 부분이 있으니까. 그리고 그런 사람들이 쥐고 있는 비밀이 남과 공유할 만한 비밀이야?"

　　"하긴, 그렇기는 하네."

　　남과 공유하지 못하는 비밀.

그건 결국 자신의 목을 조이는 함정이 될 가능성이 높다.

"하지만 이건 남에게 말하지 못할 비밀이 아니야. 업무 중에 흔하게 부딪힐 수 있는 사항이고, 이미 민사재판부에서 한번 간단하게나마 까발린 거지. 그러면 업무로서 이곳에 같이 존재하지."

그리고 그건 경찰에서 무마할 수가 없다.

일단 소속 경찰서가 다르기도 하지만 가장 큰 문제는 변호사라는 신분.

"경찰이 사법권에 속한 사람을 죽인다? 무슨 피바람이 불겠어?"

"으으응."

"그러니 못 죽여."

"그러면 남은 건 뭐야?"

"남은 건 하나뿐이지. 협상."

노형진은 씩 웃었다.

⚖

"서장님, 반갑습니다."

무태식 변호사를 찾아온 서장은 노형진이 동석하자 똥 씹은 얼굴이 되었다.

"무 변호사님, 아무래도 다른 변호사님은 좀……."

"다 알고 있습니다. 그러니 걱정하지 마세요. 어차피 여기서 하는 모든 이야기는 노 변호사님에게 넘어갈 겁니다."

"끄응."

"그래서 어떤 이야기를 하고 싶으신 겁니까?"

"사실은……."

"'사실은'이 아니지요. 얼마 받으셨습니까?"

"네?"

"다 압니다, 소지업 사건."

서장은 눈을 확 찡그렸다.

혹시나 했더니 역시나였다.

"제가 변호사의 비밀 유지 의무 때문에 안 터트린 거지, 다 압니다."

변호사는 의뢰인에게 불리한 것은 이야기하지 않을 의무가 있다.

그래서 의뢰인이 살인을 한 것을 알아도 변호사는 재판정에서 당당하게 무죄를 주장할 수 있는 것이다.

"그런데 왜……."

"이번 사건은 제가 돈을 받는 게 중요한 거니까요."

그러니 일부 곡해해서 뿌린 것이다.

"네?"

서장은 어리둥절했다.

그런데 이야기를 들어 보니 상황이 이해가 갔다.

"경찰들이 사건을 무마한 건 압니다. 그래서 이야기를 꺼낸 거고요. 그걸 가지고 감사원에 갈 생각도 있습니다."

"하지만 의뢰인이……."

"의뢰인은 가족이 죽었습니다. 자살인 줄 알았는데 살인범을 잡을 수 있다면, 의뢰인에게는 도움이 되겠지요."

"……."

"물론 그 과정에서 경찰의 일부가 사건을 은폐한 정황은 보입니다. 그 범인이 누군지는 모르지만, 아마 관련이 있겠지요."

"……."

"그래서 찾아간 겁니다. 사건을 제대로 수사하고 범인을 잡으세요. 그러면 업무상 배임 자료를 가지고 감사원에 가지는 않겠습니다."

서장은 머릿속이 혼란스러웠다.

과연 진짜 무태식은 살인범이 누구인지 몰라서 저러는 것일까?

아니면 자신들을 이용하기 위해 저러는 것일까?

노형진은 그런 혼란스러운 서장의 얼굴을 보고 씩 웃었다.

"상관있나요?"

"네?"

"저희가 범인이 누구인지 알든 모르든, 상관은 없지요. 경찰이 제대로 일만 한다면요."

"……."

"물론 경찰이 그 범인과 아주 긴밀한 관계를 가지고 있다는 것쯤은 알고 있습니다."

그렇지 않다면 왜 살인을 무마해 주겠는가?

"아마도 그가 어떠한 비밀을 잡고 있을 수도 있겠지요."

"……."

핵심을 말할수록 점점 얼굴이 창백해지는 서장.

"그러면 방법은 하나뿐이지요."

"네?"

"누구도 그의 말을 믿지 못하게 만들기."

"에?"

"누구도 범인의 말을 믿지 않는다면, 그가 뭐라고 하든 그건 신경 쓸 게 아니지요."

노형진은 차갑게 눈을 빛냈고, 서장은 침을 꿀꺽 삼켰다.

"물론 제 조언은 공짜가 아닙니다."

"공짜가 아니라면……."

왠지 서장은 노형진의 미소가 무섭다는 생각이 들었다.

"뭐라?"

용지우 회장은 자신의 귀를 의심했다.

사실 회장이니 어쩌니 해도 결국 영진용역이라는 기업 하나 가진 정도이지만, 그는 자신을 회장이라 부르는 데 주저함이 없었다.

그런 그에게 들려온 말은 지금까지 그가 이룩한 모든 것을 살벌하게 만들었다.

"장도리 형님이 잡혀가셨습니다."

"그 애가 왜? 나 모르는 사이에 사고 쳤냐?"

장도리.

자신의 부하이자 동시에 가장 믿을 만한 아군.

그리고 자신의 동생의 남편이기도 하다.

한데 그가 왜 잡혀간단 말인가?

"그 녀석, 손 씻었잖아?"

손을 씻었다.

그리고 조용히, 바른 사람으로 살아가고 있다.

물론 한때 장도리를 양손으로 휘두르며 적들의 대갈빡을 깨던 녀석이기는 하지만, 근래에는 장도리는커녕 집에서 망치질도 하지 않았다.

그런데 왜?

"망태에 대한 폭행 혐의로……."

"망태? 내가 아는 그 망태?"

"네, 맞습니다."

"뭔 개소리야! 망태가 손 털고 이 바닥 뜬 지가 4년이야!

그런데 폭행이라니!"

아무리 자신들이 막장이라지만, 손 털고 아예 낙향해 버린 반대파에게 보복할 정도는 아니다.

한때는 죽어라 싸우기는 했지만, 망태는 이제 고향에서 작은 야채 가게나 운영하면서 지내고 있다.

그런데 그를 폭행?

"이 무슨 말도 안 되는 개소리야!"

장도리가 망태를 찾아가서 팼을까?

그럴 리가 없다.

그 둘 사이에 은원은 없다.

그냥 조직이 달라서 싸웠을 뿐이다.

그러고 보니 지난달에 우연히 망태와 만나서 술 한잔했다는 이야기를 듣기는 했다.

그런데 장도리가 망태를 폭행했다고?

"저도 잘 모르겠습니다. 정보가 없습니다."

"망태는? 정말 장도리한테 처맞은 거야?"

"망태는 멀쩡합니다."

"뭐?"

"아까 통화했습니다. 자기 가게라고, 뭔 개소리냅니다."

"아니……."

이해가 가지 않았다.

망태에 대한 폭행. 그건…….

'애초에 그거 하나뿐이잖아?'

망태가 공격당해서 입원했던 사건.

하지만 그건 벌써 4년 전 일이다.

그 사건으로 망태는 은퇴를 결심했다.

확실히 그건 장도리가 한 짓이다.

물론 개인적 습격은 아니었다.

조직끼리의 분쟁이었을 뿐.

"이건 이해가 안 가는데."

그 당시 사건은 명확하게 처리되었다.

망태 쪽 조직은 일을 키우는 걸 싫어했고 자신들도 그건 마찬가지라, 경찰에 적당히 사바사바해서 미제 사건으로 남겼다.

'미제 사건으로 남겼…….'

물론 경찰은 알면서도 넘어갔다.

하지만 어떤 이유로 그걸 모른 척하지 않기로 했다면?

확실히 공소시효는 아직 남아 있다.

"이런 염병. 야, 당장 애들 불러 모아."

"네?"

"다 불러 모으라고. 혹시나 문제 생길 수 있는 애들은 집에, 아니 아니, 여관 하나 잡아서 다 처박아 놔!"

"형님, 아니 회장님, 그러면 망태 사건은……?"

"내가 알아서 한다. 그러니까 가서 모조리 모아!"

그는 부하를 보내고 나서 전화를 들었다.

그리고 익숙한 전화번호를 골라서 전화를 걸었다.

"서장님, 저 용지우 회장입니다. 지금 이상한 소리를 들었는데……."

일단 상황을 알아보는 게 우선인지라 그는 조심스럽게 물었다.

아무리 양성화했다고 해도 조폭은 조폭.

공권력, 그것도 한 지역의 서장에게 따지고 들 수는 없었다.

그런데 도리어 따지고 든 건 서장이었다.

―뻔뻔하구나. 그래, 이런 식으로 나온다 이거지? 협박으로는 부족했나 보네?

"네? 그게 무슨 말씀이십니까, 서장님?"

―네가 어디서 간땡이가 부어서 나한테 협박질을 했는지 모르지만, 그래! 어디 한번 죽을 때까지 싸워 보자!

"서장님? 서장님!"

용지우는 뭔가 이상하다는 생각이 들었다.

자신들은 아무것도 하지 않았다.

그런데 협박이라니?

―어디 애새끼들 다 처박아 봐라. 내가 지옥 끝까지 가서 무조리 물어뜯어 줄게. 그리고 세무서장이랑 약속 잡고 술 한잔하기로 했으니까, 끝까지 가 보자, 이 새끼들아. 좀 조용하다 싶더니 감히 나한테 협박을 해?

"서장님, 저희는 지금 상황이 이해가 안 가는데⋯⋯."

뚜.

하지만 전화는 이미 끊어진 뒤였다.

용지우는 정신이 아득해졌다.

협박이라니, 이 무슨 소리란 말인가?

'누군가 나를 팔아서 서장을 협박했다?'

그것 말고는 이유가 없다.

그렇지 않고서야 서장이 자신을 이렇게 잡아먹으려고 덤 빌 리가 없었다.

'서장이 이 지경이면?'

검사와 판사 들은?

"이런 씨발⋯⋯."

누군지 모르지만 자신을 팔았다는 생각에 용지우는 눈깔 이 돌아갔다.

"야! 다시 들어와!"

"네, 형님?"

"어떤 새끼가 날 팔아서 어르신들을 협박하고 다닌단다! 그래서 이 사달이 터진 거고!"

부하의 얼굴이 창백하게 변했다.

어떤 미친놈이 자기 무덤을 그따위로 판단 말인가?

"어떤 새끼인지, 어떻게 해서든 찾아내! 그리고⋯⋯."

뒷말은 하지 않았지만, 부하는 부들부들 떨리는 용지우의 손끝을 보면서 어떤 일이 벌어질지 충분히 예상할 수 있었다.

–이번 사건은 막대한 유산을 노린 살인 사건으로······.
–장인이 살인을 실행하고 아내가 사건을 은폐했으며······.
–경찰은 치밀한 수사 끝에 범인을 검거하여······.

얼마 후 경찰은 제대로 조사했다.

아니, 거의 때려잡는 수준으로 잡았다.

"폭력 조직은 왜 때려잡은 거야?"

손채림은 이해가 가지 않는다는 듯 물었다.

이번 사건을 바탕으로 해서 가족을 체포한 것은 어렵지 않게 알 수 있었다.

그런데 그와 동시에, 엉뚱하게도 폭력 조직에 대한 대대적인 검거 작전이 실행되었다.

"거짓말로 만드는 작업이지."

"응?"

"우리가 변호사로서 비밀 유지 의무에 묶여 있듯이, 그 장인이라는 남자도 무언가에 묶여 있지."

"어떤 거?"

"조직."

"엉?"

조직이라는 말이 손채림은 이해가 가지 않았다.

"정확하게 말하면, 조직에 속했던 사람들. 생각해 봐. 그가 가진 비밀은 어떤 거지?"

"그거야 폭력 조직의 비밀이겠지. 그들이 경찰을 접대하고 관리하고…… 아하!"

"그래, 그거야."

그 비밀은 조직의 비밀임과 동시에 경찰의 비밀이다.

서로 건드리지 말자는, 일종의 암묵적인 약속.

"그건 경찰로서도 문제이지만, 조직에서도 문제거든."

아무리 조직이 양성화니 어쩌니 해도, 과거의 문제를 드러낼 수는 없다.

"그래서 경찰이 더욱 날뛰도록 한 거지."

경찰이 날뛰면서 조직의 뒤를 캔다. 그러면 양성화된 조직, 아니 기업은 그로 인해 어마어마한 타격을 입을 수밖에 없다.

당장 그 조직의 보스였던 기업의 대표가 감옥에 가게 될 판국이다. 그러면 기업은 날아가게 될 테고…….

"작게는 수십억, 크게는 몇백억이 될 수도 있지."

과거가 현재를 쫓아온다.

"조직 입장에서는 경찰에 손을 대기에는 한계가 있어. 당연히 그 이유부터 캐내려고 하겠지. 그러면 그 이유가 뭐라고 생각할까?"

"그 남자구나."

장인이라는 그 남자.

그가 자신의 이득을 위해 일방적으로 두 집단의 협정을 파기하고 협박에 쓴 것이다.

"경찰에게는 약점이야. 하지만 조직에도 약점이지. 그리고 경찰과 조직이 다른 건, 경찰은 법에 매이지만 조직은 그렇지 않는다는 거야."

실제로 그는 조직의 추적을 받는다는 사실을 알아차리고는 공포에 물들어, 경찰에 들어가서 자신을 잡아가라고 고래고래 소리를 질렀다.

최소한 감옥행이 죽는 것보다는 나을 테니까.

"그 상황에서 그가 입을 열지는 못하지."

일단 자신이 자수했다.

그리고 양성화된 조직이라면 쉽게 망하거나 사라지지는 않는다.

원하면 감옥 내부에서도 죽일 수 있는 방법은 여전히 있고.

"그는 입을 꾹 다물고 죄를 달게 받으면서 눈치 볼 수밖에 없는 상황이 된 거지."

"허."

노형진은 겁먹고 꼬리를 마는 게 아니라 더욱 공격적으로 나감으로써 입을 다물게 한 것이다.

"멍청한 집안이네."

"애초에 하는 짓거리가 똑똑하지는 않았잖아?"

최소한 보험료만 욕심 내지 않았다면 자신들에게 걸리지는 않았을 것이다.

"그리고 이게 그 대가이고."

노형진은 이런 조언을 공짜로 해 주지 않았다.

그렇다고 돈을 받은 것도 아니다.

"그래, 이게 그 대가지."

다름 아닌, 이번 일과 관련된 경찰과 검사 등의 비밀.

그걸 자백한 자백서와 동영상.

"우리는 그들의 약점을 잡고 있지. 그들의 도움이 필요하면, 이용할 수 있을 거야."

"마음 같아서는 자르고 싶은데."

"쉽게 잘리지도 않을 거야. 자른다고 해도 똑같은 놈은 넘쳐 나고."

그런 거라면 차라리 그들을 잡고 흔들어서, 똑같은 짓을 하지 못하게 하는 게 훨씬 남는 일이다.

"그리고 우리는 필요할 때 이제 검찰과 경찰의 내부 정보를 언제든 얻을 수 있지."

그리고 그건 새론의 미래를 더욱 밝혀 줄 것이다.

"승리하기 위해서는 똑같은 놈이 되는 거, 두렵지 않다고, 후후후."

"잘 부탁드립니다."

노형진에게 꾸벅 인사하는 남자.

노형진은 그런 그를 보면서 입맛을 다셨다.

"아니, 그래도 이렇게까지 하실 필요는 없는데."

"아닙니다. 당연히 해야지요. 안 그래도 한번 거하게 대접하고 싶었습니다."

"하하하."

노형진은 어색하게 웃었다.

그리고 주변에서 눈을 초롱초롱 빛내고 있는 다른 직원들을 보고 속으로 한숨을 쉬었다.

'이런 건 별로 안 좋아하는데 말이지.'

최고급 룸살롱.

확실히 비싸고 좋은 곳이다.

하지만 노형진의 취향에는 맞지 않는다.

애초에 술을 못 마시는 체질이니 취향에 맞을 수가 없다.

'하지만……'

이번 의뢰인은 강남의 큰손이다.

그런 그가 굳이 대접하겠다는데 거부하기도 그렇다.

대접을 거부하는 것도, 그들에게는 자존심이 상하는 일이
니까.

'하여간 이해가 안 가.'

노형진은 속으로 한숨을 쉬었다.

그리고 자신을 따라온 다른 직원들을 바라보았다.

'여러분을 믿습니다.'

그런 노형진의 눈빛을 알아차린 건지, 다들 눈에서 빛을
뿜어내고 있었다.

노형진이 술을 안 마시니 다른 누군가가 의뢰인과 대작해
야 하기 때문이다.

물론 직원들은 신났다.

한 병에 100만 원이 넘는 양주를 마음껏 마실 수 있는 기
회니까.

거기에다 이번 의뢰인이 성격이 나쁜 것도 아니고.

'거참, 변호사 하면 접대는 안 해도 되는 줄 알았는데 말이지.'

속으로 씁쓸하게 웃는 사이 술병이 줄줄이 테이블 위에 놓였다.

"어떻게, 여자도 부를까요?"

"그건 좀 그러네요, 어찌 되었건 법적인 관계이다 보니."

"그런가요?"

"이해해 주십시오. 변호사라는 직업이……."

"암요. 압니다."

그가 사 주고 싶어서 사 주는 거라고 하지만, 이런 게 외부에 드러나면 재판에 악영향을 줄 수도 있다.

"술이야 사 주실 수 있는 문제지만 여종업원을 앉히는 것은 여러모로 지탄의 여지가 있어서요. 재판부는 부정하지만, 괘씸죄라는 것도 있습니다."

"웃기네요. 제가 판사랑 검사한테 접대한 게 얼마인데."

"내로남불이라고 하지 않습니까? 자기가 받는 접대는 그냥 술 한잔이지만, 남이 받는 접대는 범죄죠."

노형진은 피식 웃었다.

"알겠습니다. 그러면 2차는 제가 쏘겠습니다."

그러면서 다른 직원들에게 눈을 찡긋하는 남자.

노형진은 그걸 보고 속으로 피식 웃었다.

'마음대로.'

어차피 노형진이 2차는 안 가는 걸 알고 있다.

우르르 몰려가서 다른 곳에서 신나게 놀겠다는 뜻이겠지.

눈짓을 받은 다른 직원들은 눈에서 빛을 뿜어냈다.

'그래, 마음대로 하셔요.'

다행이라고 해야 하나?

이번 의뢰인은 자수성가를 한 사람이다.

그래서 아래에서 고생하는 사람들의 마음을 이해하고 잘 풀어 줄 줄 안다.

하긴, 그러니 유능한 사람들이 그의 아래에서 그를 도와주 겠지.

"자, 자! 한 잔씩 하시지요."

100만 원이 넘는 술을 따고 막 술잔에 따르려고 하는 그때 였다.

"실례합니다."

"웅? 무슨 일인가?"

문이 열리면서 한 남자가 들어왔다.

복장을 보아하니 웨이터다.

"죄송한데, 룸을 비워 주셔야겠습니다."

"뭐?"

어이가 없어서 남자는 되물었다.

"지금 농담하나?"

지금 여기에 깔린 술만 300만 원이 넘는다.

그걸 한 잔도 못 먹었다. 그런데 나가라고?

"죄송합니다. 대신에 술값은 받지 않겠습니다. 죄송합니다."

"죄송? 지금 나랑 장난하자는 건가?"

아무리 술집에 자리가 없어도, 손님을 내쫓는 건 예의가 아니다.

더군다나 한두 푼도 아니고 무려 300만 원어치를 구입한 손님을.

"남은 술은 가지고 가셔도 됩니다. 죄송합니다."

"아니, 이것들이 진짜! 내가 무슨 거지인 줄 알아!"

성격이 좋은 사람이라고 자존심까지 없는 건 아니다.

명백하게 축객령.

거기에다 술까지 가지고 나가라는데 화가 안 나면 사람이 아니다.

"지금 나랑 장난해! 요즘은 단골을 이런 식으로 취급하나?"

"죄송합니다, 죄송합니다."

"이것들이 보자 보자 하니까, 내가 착하게 구니까 만만해 보이나? 사장 나오라고 해!"

"아이고, 사장님!"

웨이터는 당황해서 어쩔 줄 몰랐고, 의뢰인은 발끈해서 길길이 날뛰었다.

"사장 당장 안 튀어 와! 내가 지금 이따위 취급을 받게 생겼어?"

노형진은 그걸 보고 입맛을 다셨다.

이건 누가 봐도 업소 측 잘못이 맞다.

하지만…….

"진정하시고."

"노 변호사님, 이게 진정할 일입니까?"

"웨이터가 무슨 힘이 있습니까? 시키는 대로 하는 직원일 뿐인데. 이유가 있겠지요."

"끄응…….."

의뢰인은 신음을 내면서 일단은 화를 삭였다.

그 틈을 타 노형진은 잽싸게 물었다.

"도대체 무슨 일입니까?"

"그게, 죄송합니다. 가게에 약간 문제가 생겨서 혹시나 손님분들에게 피해가 갈까 그러는 것이니, 오늘은 양해해 주십시오."

"이거 나 보지 말자는 소리 맞지?"

"아닙니다."

어쩔 줄 몰라 하는 웨이터.

노형진은 그걸 보고 눈을 찌푸렸다.

"나가 봅시다."

"네?"

"상황을 알아야 자리를 옮기든 여기서 먹든 할 수 있지요."

"아이고, 손님."

"어차피 나가야 하는 거 아닙니까? 여기서 나가야 이 가게에서 나갈 수 있는데?"

웨이터는 말문이 턱 막혔다.

"일단 제가 나가 보죠. 다른 분들은 여기 계세요."

의뢰인은 나가자마자 발끈할 테고, 다른 직원들은 잔뜩 주눅이 들 것이다.

결국 상황을 알기 위해서는 그가 나가야 했다.

"그냥 모른 척 가 주시면……."

"그건 보고 결정하지요."

노형진은 말리는 웨이터를 밀어내고 안쪽으로 들어갔다.

그러나 채 열 걸음도 가기 전에 시커먼 떡대들에게 가로막혔다.

"뭐야?"

"꺼져, 이 새끼야."

쇠 파이프와 사시미로 무장한 시커먼 양복을 입은 사내들의 등장에 노형진은 눈을 찌푸렸다.

'조폭?'

누가 봐도 조폭이다.

그들은 눈을 부라리면서 노형진을 노려보았다.

'항쟁인가?'

룸살롱을 가지고 싸우는 항쟁일 가능성이 순간 머릿속에 스쳤지만, 이내 고개를 저었다.

'그럴 리가 없지.'

서울, 그것도 강남 한복판에 있는 최고급 술집이다.

이곳을 지배하는 것은 자본이지 폭력이 아니다.

만일 어떤 멍청한 조폭이 이곳을 빼앗겠다고 깽판을 친다면, 당장 검찰과 경찰이 조직 자체를 박살을 낼 거다.

"뭡니까?"

"꺼지라고 했다."

"좀 알아봐야겠습니다."

조폭이 여기에서 이렇게 뭉쳐서 앞을 가로막고 있다는 것 자체가 정상적인 상황이 아니라는 거다.

"경찰 부를까요?"

"허, 이 새끼 보게? 미쳤네, 미쳤어."

"불러, 이 새끼야! 부르라고!"

대놓고 사시미와 쇠 파이프를 들고 있으면서도 경찰을 두려워하지 않는 모습에 노형진은 괴리감을 느꼈다.

"지금 무슨 일이 벌어지고 있는지 모르겠지만……."

그 순간 끝에 있는 VVIP실의 문이 벌컥 열렸다.

가장 안쪽의 가장 넓고 화려한 방이었다.

하지만 그 안에서 나온 이는 손님이 아니었다.

"아악!"

"이 개자식! 오늘 넌 내 손에 죽는다! 알았냐!"

한 남자에게 머리를 잡혀서 끌려 나오는 젊은 남자.

그는 노형진이 아는 사람이었다.

정확하게는, 노형진의 룸을 담당하던 웨이터였다.

'어쩐지 엉뚱한 웨이터가 와서 나가 달라고 한다 싶더니.'

노형진의 눈에 보인 그의 모습은 정상이 아니었다.

얼마나 두들겨 맞았는지 온몸에 멍이 든 채로 정신을 차리지 못하고 있었다.

"이게 뭐 하는 짓입니까!"

사정은 모르지만 사람을 저렇게 패는 것은 정상적인 상황이 아니다.

더군다나 남자의 손에는 쇠 파이프가 들려 있었다.

"뭐야, 이 새끼는! 야, 다 치우라고 했잖아!"

남자는 눈을 부라렸다.

"회장님, 죄송합니다."

"회장님?"

"야, 이 새끼 치워!"

반쯤 정신이 나간 웨이터를 끌고 가던 남자의 명령에, 조폭이 노형진의 멱살을 강제로 잡아챘다.

하지만 노형진은 거칠게 그 손을 뿌리쳤다.

"경찰 부르겠습니다."

"경찰? 흥? 네놈이 뭔데?"

"변호사입니다."

"변호사?"

"지금 이 상황은 두고 볼 수가 없군요."

노형진은 당장 경찰을 부르려고 했다.

하지만 그다음 순간 얼굴이 한쪽으로 휙 돌아갔다.

"변호사 찌꺼기 주제에 어딜 기어올라!"

"찌꺼기?"

"어떻게, 이놈도 끌고 갈까요?"

"너희가 적당히 손봐 줘."

"지금 뭐 하는…… 커헉!"

그 순간 노형진의 복부로 파고드는 주먹.

노형진은 그대로 앞으로 고꾸라졌다.

그러자 남자는 비명을 지르는 웨이터를 끌고 입구로 나갔다.

"여기에 있는 새끼들 아가리 다 처막아 둬. 알았냐?"

"네, 회장님."

"넌 오늘 나한테 뒈진 줄 알아라."

"자…… 잠깐……."

노형진은 고통 속에서도 그걸 말리려고 했다.

하지만 그의 몸 위로 무수한 쇠 파이프가 날아들었다.

⚖️

"끄으응……."

노형진이 정신을 차린 곳은 병원이었다.

주위를 돌아보니 다른 사람들이 걱정스럽게 바라보고 있
었다.

이것이법이다

"송 대표님? 채림이? 아, 여기는? 병원?"

"그래, 괜찮나?"

"끄응…… 안 괜찮네요. 어떻게 된 겁니까?"

"술집에서 싸움이 있었네."

"싸움이 아니라 폭행이지요."

노형진은 그곳에서 있었던 일을 기억하고 있었다.

누군가 웨이터를 끌고 갔고, 자신은 그걸 말리다가 조폭들에게 두들겨 맞았다.

"시간이 얼마나 지난 겁니까?"

"얼마 안 지났네."

"끄응……."

"움직이지 말게. 부러진 곳은 없지만 타박상이 심해."

"아우…… 죽겠다. 타박상뿐인가요?"

"그래. 그놈들, 사람 때릴 줄 알더군."

각목이나 쇠 파이프를 무식하게 휘두르면, 잘못하면 사람이 죽는다.

하지만 잘 때리는 놈들은 아프지만 타격은 심하지 않은 곳만 골라서 때린다.

지금 노형진이 딱 그랬다.

"한두 번 해 본 게 아니라는 소리군요."

"그래."

"다른 사람들은요?"

"일단 모두 대피시켰네. 경찰이 와서 조사하고 있고."

"도대체 어떤 미친놈이기에…… 끄응……. 아우, 죽겠네."

"어떤 미친놈이 아니라 미치신 분이시란다."

손채림은 비릿한 비웃음을 담아서 말했다.

"미치신 분?"

"그래. 화안그룹 회장님이시란다."

"허? 화안그룹?"

재계 서열 19위.

한국에서 가장 강력한 그룹 중 하나인 화안그룹.

"안 그래도 그 문제로 좀 시끄럽네."

"도대체 무슨 일입니까?"

"보복 폭행일세."

"보복 폭행요?"

"그래."

운이 나쁘게도, 화안그룹의 둘째 아들이 자신들이 갔던 룸
살롱에 놀러 왔었던 것이다.

그런데 그는 술버릇이 안 좋은 걸로 유명했다.

특히 술만 먹으면 사람을 패는 버릇이 있었는데, 거기서도
술 먹다가 취해서 술집 아가씨를 팼다.

"종업원이 말리는 중에 그만 그를 넘어뜨렸다더군."

방어를 한다고 밀었는데 그가 옆으로 쓰러지면서 테이블
모서리에 팔을 부딪혔다.

물론 부러지거나 한 건 아니고 그냥 타박상만 입었다.

"그런데 회장님이 행차하신 거지. 더러운 새끼들."

"행차?"

"누가 우리 아들 때렸어, 우쭈쭈."

"허."

비꼬는 듯한 말투지만 그 내용은 명확했다.

"그러니까 회장이라는 놈이 보복 폭행을 했다?"

"그렇다고 하더군."

송정한은 씁쓸하게 말했다.

'그 새끼들, 경찰에 신경 쓰지 않은 이유가 있었네.'

다른 곳도 아니고 화안그룹의 회장님이 오셨으니 경찰이 출동할 리가 없다.

아마 사람을 죽였어도 출동하지 않았을 것이다.

"피해자는요?"

노형진이 봤던 그 웨이터.

그가 아마 피해자일 것이다.

"전치 9주네. 산에 끌려가서 회장하고 둘째 아들에게 두들겨 맞았다고 하더군."

"미친 새끼들!"

노형진은 자신도 모르게 외치다가 부르르 떨었다.

온몸이 아팠기 때문이다.

"조사 결과가 나온 겁니까?"

"아직 하루도 안 지났네."

"경찰에서는 뭐래요?"

그 정도면 당장 긴급구속 해야 하는 상황이다.

하지만 현실은 언제나 시궁창이라고 하지 않던가?

"경찰은 일단 수사 중이라고 하더군."

"답은 나와 있군요."

말이 좋아서 수사지, 사실상 사건을 무마할 시간을 주고 있을 것이다.

"다행히 네가 기절하고는 더 이상 때리지 않아서, 크게 다치지는 않았어. 하지만 아주 뻔뻔해."

노형진은 이를 빠드득 갈았다.

'미친 새끼들, 아주 사람을 개돼지로 아는구나.'

하긴, 한두 해 일인가?

소위 재벌이라는 자식들은 더욱 그랬다. 유민택 같은 경우는 스스로 일어난 타입이라 그런 면이 없지만.

'에효…… 애초에 유민택의 손자도 불장난의 결실이니.'

아이러니하지만 유민택의 손자도 불장난으로 태어난 아이다.

유일한 후계자인 그 아이가 태어난 방식을 보면, 사실 유민택의 아들도 바른 인간은 아니라는 거다.

"어쩌겠나. 부자의 한계지."

송정한은 입맛을 다셨다.

"돈은 인간의 감각을 마비시키지. 돈이 있으면 다른 사람을 핍박해도 된다는 생각이 만연하지 않나? 오죽하면 부자는 3대를 못 간다는 말이 있겠나? 지금이야 좀 달라졌지만."

"그건 그렇지요."

부자는 3대를 못 간다. 어느 정도는 맞는 말이었다.

부를 이룩한 1대.

그걸 본 2대까지는, 그래도 다름 사람들과 같이 사는 걸 알고 어울릴 줄 안다.

그런데 3대는 그게 아니다. 오로지 누릴 줄만 알고, 자신이 이룩한 건 없으면서 다른 사람을 깔본다.

'그렇다 보니 주변에 적을 아주 잔뜩 만들지.'

그래서 부자는 3대를 못 간다는 말이 생긴 것이다.

"더군다나 화안그룹의 회장인 박태운은 애초에 개차반으로 유명했으니."

박태운은 화안그룹의 3대 회장이다.

3대도 이렇게 개판인데, 하물며 4대인 아들들은 어떻겠는가?

"어찌 되었건 그들이 사건을 은폐하려고 하고 있으니 커지지는 않을 걸세."

송정한은 답답한 듯 말했다.

그러자 노형진은 의아한 표정으로 의문을 제기했다.

"기자들이 은폐 공작에 따른다고요?"

"경찰만 관리되겠나?"

'하긴, 그렇겠네.'

생각해 보면 당연한 거다.

더군다나 이런 일은 역사와는 상관없이 벌어지는 일이다.

그런데 자신이 몰랐다.

그건 언론을 타지 않았다는 것.

"일단 쉬게나. 그쪽에서 연락이 오기는 했지만, 접촉은 하지 않고 있으니."

"연락요?"

"자네가 우리 소속인 거 모를 정도의 조직은 아니지 않나?"

"그건 그렇군요."

"이 문제는 추후에 생각하자고."

송정한은 배려해 주려는 듯 자리를 피해 줬다.

"나도 가 볼게."

"그래, 끄응."

노형진은 다시 자세를 고치면서 침음성을 흘렸다.

"아주 죽겠다, 아주."

일단 침대에서 할 수 있는 게 없었던 노형진은 그저 신음만 낼 뿐이었다.

⚖️

노형진의 침대 발치에 떨어지는 하얀 봉투.

노형진은 그걸 물끄러미 바라보았다.

양복을 입은 남자는 당연하다는 듯 말을 했다.

"1억입니다. 이걸로 끝냅시다."

"뭐요?"

"이 정도면 매값으로는 충분한 것 같은데?"

"매값?"

"크게 다친 것도 아니라고 들었습니다. 이 정도로 끝냅시다."

"허."

자신을 화안그룹의 부장이라 소개한 남자.

하지만 이름은 밝히지 않았다.

'뒷수습하는 놈들이군.'

각 그룹마다 있는, 뒷수습을 하는 조직들.

대룡에도 있는데 화안에 없을 리가 없다.

그러나 비공식적인 조직이니 이름을 밝힐 수는 없다.

"장난합니까?"

그런데 자신에게 찾아와서는 사과도 없이 일단 돈 봉투부터 던진다.

"이 정도면 치료비로 충분할 텐데요?"

"지금 치료비가 문제가 아닐 텐데요?"

이런 사건을 해결하려면 일단 사과를 해야 한다.

그리고 그에 맞는 처벌을 받아야 한다.

그런데 다짜고짜 돈 봉투를 던져 주고 충분하지 않냐니?

누구 마음대로?

"그래서, 우리랑 싸우자는 건가?"

"건가? 지금 반말하는 겁니까?"

"그러면 새파랗게 어린 놈한테 언제까지 존대를 써야 하지?"

"허?"

"네놈이 새론 소속인 건 안다. 그리고 새론이 대룡과 일하는 것도 알지. 하지만 대룡이 고작 변호사 새끼 하나 때문에 일을 크게 벌일 거라 생각하는 건가? 경험이 없어서 순진하군."

'이거 이거, 제대로 된 놈들이 아니잖아?'

제대로 된 조직이라면 일단 피해자에 대해 알아보고 그 파급력을 최소화하려고 할 것이다.

그런데 그들은 그게 아니었다.

'보아하니 날 그냥 무슨 새끼 변호사 정도로 아는 모양인데?'

사실 노형진의 나이만 생각하면 그게 틀린 판단은 아니다.

노형진이 비정상적으로 빠르게 성장한 것일 뿐.

하지만 그들은 새론 소속이라는 것과 나이만 보고, 그가 새론의 새끼 변호사라 생각하고 있는 게 분명했다.

"꺼져."

"뭐?"

"꺼지라고 했다."

"이 새끼가 미쳤나?"

"내가 이딴 돈 받고 물러날 것 같아?"

"너 따위가 우리 화안그룹에 덤비겠다 이건가?"

"화안이 뭔데?"

"쯧쯧, 대가리에 피도 안 마른 새끼가."

남자는 피식 웃으면서 봉투를 다시 품에 넣었다.

"마음껏 발악해 봐라. 과연 너의 말을 들어 줄 사람이 있는지."

피식 웃으면서 나가는 남자를 보면서, 노형진은 이를 빠드득 갈았다.

⚖

"찾아와서 그랬다고?"

"네."

"허, 미친 새끼들."

송정한은 질렸다는 듯 고개를 흔들었다.

"저에 대해 전혀 모르는 모양이더군요."

"제대로 알려 주지 않았으니까. 어차피 좋게 끝나지도 않을 건데 거기에다 대고 '우리 이사진 중 한 명입니다.'라고 떠들 이유는 없지."

"잘하셨습니다."

송정한도 노형진에 대해 잘 안다.

그러니 그가 그렇게 쉽게 물러날 사람이 아니라는 것도 안다.

"언론에 나간 거 있습니까?"

"역시나 없네. 경찰 쪽도 조사는 지지부진하고."

"진짜 수사 중이긴 하고요?"

"일단 신고가 들어갔으니까."

"그럼 답은 나왔군요."

"그래, 뻔하지. 3년 이하겠지."

송정한은 비웃듯이 말했다.

3년.

법에서 정한, 집행유예를 선고할 수 있는 최대 조건 기간.

"재벌은 사람을 때려 죽여도 3년 이하로 나올 겁니다."

"그래."

3년이라는 실형 기간은 처벌이 중요한 게 아니다.

집행유예를 내리려면 3년 이하의 형이 언도되어야 한다.

그 이상이 나오면 집행유예 대상이 아니게 된다.

"한두 번 보나?"

이런 경우는 사실 3년 이상이 나올 수밖에 없다.

일단 조폭을 동원해 야간에 사람을 납치해서 보복 폭행했으니까.

단순 폭행이 아니라 특정범죄가중처벌법 위반이다.

거기에다 폭력행위등처벌에관한법률 위반이고, 술집에서는 룸에 가두고 폭행했으니 감금 폭행에, 산으로 끌고 가서 폭행했으니 납치까지 포함된다.

사실 이 정도면 살인미수로 처벌해도 할 말이 없는 수준이다.

"다른 사람이었다면 최소 8년은 나올 걸세."

"그럴 겁니다."

하지만 재벌이니까, 이런 범죄의 경우 재벌은 사실상 처벌이 정해져 있다.

징역 1년 6개월에 집행유예 3년.

"그쪽에서는 새론에 뭐랍니까?"

"알아서 조심하라고 하더군."

"그러니까 우리를 무시한다 이거군요."

"지금까지 그래 왔으니까."

그들의 행동은 뻔하다.

돈만 있으면 처벌을 피할 수 있다, 그게 그들의 생각.

"어쩔 생각인가?"

송정한은 노형진을 바라보면서 물었다.

"자네를 한두 번 본 것도 아니고, 이런 걸 그냥 넘어갈 리가 없지. 더군다나 이번에는 자네도 피해자 아닌가?"

옆에 있었다는 이유로 린치를 당했다.

그러니 화가 나지 않으면 사람이 아니다.

"피해자는 뭐라고 하던가요?"

"우리 쪽에서는 만나지 못했네. 하지만……."

"무슨 뜻인지 알 것 같네요."

술집에서 웨이터로 일하는 사람이 대기업을 상대로 싸움을 걸 수는 없다.

‘물론 언론에 터트리고 난리를 치면 어느 정도 타격은 가 겠지.’

하지만 그뿐이다.

그 효과가 1년이 갈까, 2년이 갈까?

길어야 3개월이다.

‘그 후에는 보복이 시작될 테고.’

온갖 더러운 면을 다 가지고 있는 술집에서 그 꼴을 다 봤 으니, 웨이터 입장에서는 아무리 억울해도 고발하는 게 쉽지 않을 것이다.

"저도 돈지랄 좀 해 보렵니다."

"돈지랄?"

"전에 말씀드리지 않았습니까, 이제는 본격적으로 돈 써 보겠다고?"

"아아, 그랬지."

전에는 마이스터의 힘을 쓰지 않았다.

그래도 문제가 없었다.

미래에 대해 알고 있었으니까.

‘하지만 시대가 바뀌었지.’

역사가 바뀌었는데 여전히 힘을 감추고 있는 건 좋은 생각 이 아니다.

더군다나 마이스터는 이제 힘을 가지고 있다.

"힘을 가지고서도 그냥 두들겨 맞고 있으면 그건 병신이지요."

애초에 노형진이 돈을 벌려고 한 이유가 뭔가?

이런 경우에 힘을 쓰기 위해서다.

그런데, 힘이 있는데 공평하게 굴기 위해 그냥 당하고만 있는다?

'개소리지. 그건 그냥 호구일 뿐.'

더군다나 마이스터의 힘은 아직 한국에 공포로 남아 있다.

"정치인들이 한번 깨졌으니 이번에는 터치하지 못하겠지."

"그럴 겁니다. 그러니까 지금이 기회인 거구요."

정치인들이 돈 욕심에 마이스터를 건드렸다가 제대로 피를 본 지 얼마 되지 않았다.

"정치인들에게 재갈을 물렸으니 경제인에게도 재갈을 물릴 때가 된 것 같네요."

노형진은 히죽 웃었다.

"과연 그들이 뭐라고 할지 두고 보자고요."

⚖️

고호구는 온몸에 깁스를 한 채로 누워 있었다.

전치 9주.

무려 두 달이 넘게 누워 있어야 한다.

그는 자신에게 돈을 던져 주고 간 그 부장이라는 놈의 행동에 모멸감을 느끼고 피눈물을 흘렸지만, 할 수 있는 게 없었다.

"그래서 3천을 던져 줬다고요?"

"네."

"허, 미친놈들."

노형진은 혀를 끌끌 찼다.

사실 이번 사건의 진짜 피해자는 고호구다.

그런데 고호구에게는 3천이고 자신은 1억이라니.

'내가 더 문제가 될 거라 생각했다 이거군.'

고호구는 어차피 웨이터다.

그리고 사회적으로 웨이터라는 직업, 특히나 술집의 웨이터라는 직업에 대한 인식은 바닥이나 마찬가지.

"그래서 합의서는 쓰셨습니까?"

"아직은 안 썼습니다. 제가 할 수 있는 반항이라는 게 고작 그뿐이더군요."

그의 눈 옆으로 한 줄기 눈물이 흘러내렸다.

자신의 처지가 너무나 슬퍼서 흘리는 눈물이었다.

"경찰은 왔습니까?"

"오기는 왔지요."

"그런데요?"

"한 번 진술했습니다만……."

그게 끝이다.

사건에 대해 이야기하기는 했지만, 그 이후에 진행된 것은 없다.

"얼마 전에 사장님이 저한테 찾아오셨어요. 살려 달라고 하시더라고요."

"살려 달라?"

"네, 화안그룹에서 망하게 하려고 덤빈다면서……."

'망할 놈들.'

개인의 인생을 걸고 싸우는 사람들도 분명히 존재한다.

하지만 아무리 그런 사람들이라고 해도, 주변 인물을 그냥 두고 볼 수는 없다.

"제 동생이 이제 대학에 들어갔습니다. 학비도 내야 하고, 졸업하면 취업도 해야 합니다. 그런데 그들이 동생이라고 놔 두겠습니까? 저도 룸살롱에서만 5년 일했습니다. 집안도 가 난하고, 어차피 공부 잘하는 머리도 아니었으니까……."

하지만 자존심을 버리고 고개를 숙이면 고급 룸살롱에서 적지 않은 돈을 벌 수 있었다.

다른 사람들과 다르게 손님들이 수십만 원에서 수백만 원 단위로 팁을 주니까.

"결국 세상은 그런 겁니다."

힘없이 말하는 고호구.

노형진은 깊게 심호흡을 했다.

'이건 아니다.'

사람은 다 평등하다는 개소리는 하지 않는다.

인간이 존재하는 이상, 완벽한 평등은 있을 수 없다.

하지만 사회가 존재하는 이유가 뭔가?

누군가가 브레이크를 걸기 위해서다.

'하지만 브레이크는 고장이 났지.'

그리고 재벌은 이제 귀족이 되었다.

사람을 죽여도 처벌받지 않는 그런 존재들.

"좋습니다."

"네?"

"공식적으로는 저한테 의뢰해 주십시오."

"네? 그게 무슨 말씀이신지?"

"하지만 비공식적으로는 당신을 제가 고용하겠습니다."

전혀 엉뚱한 말에, 고호구는 어리둥절한 표정이 되었다.

변호사라고 들었다.

그리고 자신을 보호하려다가 린치까지 당했다고 들었다.

그런데 자기를 고용하라고?

"저기, 무슨 말씀이신지?"

"제가 맞은 건 아시죠?"

"네, 그래서 죄송합니다. 저 때문에."

"전 저한테 걸어온 싸움을 피하는 사람이 아닙니다."

노형진의 눈에서 은근하게 분노의 빛이 일어났다.

"하지만 변호사라는 특성상, 의뢰가 있어야 움직이기 쉽
지요."

"하지만 변호사님도 피해자이지 않습니까?"

"그렇지요. 하지만 제가 싸움을 시작하면 어떻게 될까요?"

"그건……."

자신 역시 거기에 휘말릴 수밖에 없다.

"어차피 피할 수 없는 싸움입니다. 고호구 씨가 뭐라고 하든, 저는 싸울 거니까요."

"……."

"그리고 제가 싸울 때, 그 객체가 누군지에 따라 상황은 달라집니다. 저와 화안이 싸운다? 그러면 부자들끼리의 싸움이 되지요."

하지만 고호구가 나서면 그런 이미지가 사라진다.

"그렇다고 해도…… 제가 할 줄 아는 거라고는……."

"술집을 차려 드리지요."

"네?"

고호구는 깜짝 놀랐다.

술집이라니?

"변호사님이 룸살롱을 운영하시겠단 말입니까?"

"하면 안 됩니까?"

"네? 아니, 그건 아니지만……."

하지만 룸살롱하는 데 드는 돈은 한두 푼이 아니다.

그 걱정을 알아차린 노형진이 피식 웃었다.

"제가 화안과 싸우려고 하는 이유는 그럴 만한 능력이 있기 때문입니다."

"……."

"까놓고 말하죠. 수십억? 걱정 없습니다. 신경 안 써도 되는 돈입니다."

"그, 그런……."

"부자들의 세계는 그렇습니다. 돈보다 자존심이지요."

당장 저쪽이 아들이 타박상을 입었다고 회장이 나서서 조폭까지 동원해서 보복했다.

그걸 수습하기 위해 들어가는 돈이 얼마나 될까?

"못해도 수십억은 들어갈 겁니다. 일반인이라면 그 돈이 없으니 꿈도 못 꾸는 일이죠."

"……."

"하지만 그건 저도 마찬가지입니다. 수십억이 없어서 복수를 못 하는 사람은 아니란 말입니다."

노형진은 진지한 눈빛으로 고호구를 바라봤다.

"사실대로 말하죠. 당신은 결국 이 일에 휘말릴 수밖에 없습니다. 당신은 제 몸빵입니다. 하지만 제가 화안과 다른 것은, 그 보상을 확실하게 해 드린다는 겁니다."

"보상이라고요?"

"네. 말씀드렸다시피, 술집 하나면 충분히 보상이 될 것 같지 않나요?"

"그럼 저보고 바지 사장이 되라는 말씀입니까?"

"틀린 말은 아니지요."

고호구는 입술을 깨물었다.

그도 바보는 아니다.

변호사가 대놓고 이름을 걸고 술집을 할 수는 없다.

관리도 힘들뿐더러, 이미지에도 안 좋다.

"규모는 어느 정도……"

"고호구 씨에게 1억 이상은 떨어질 겁니다."

"헉!"

바지 사장에게 1억씩 떨어질 정도면 절대 작은 규모가 아니다.

"하지만 변호사님, 그랬다가 화안그룹이 건드리면……"

술집을 크게 하면 더욱 크게 망할 것이다.

"아무리 노 변호사님이 능력이 있어도 화안그룹하고는……"

"제 싸움의 대상은 화안그룹이 아닙니다."

"네?"

"제 싸움의 대상은 박태운 회장입니다."

고호구는 이해가 가지 않는다는 표정이 되었다.

하지만 이내 입술을 깨물었다.

'어차피 난 끝장난 거 아닌가?'

그는 박태운 회장과 트러블이 생겼다.

다니던 술집에서도 더 이상 그를 써 주지는 않을 것이다.

그런데 다른 곳이 미쳤다고 그를 써 주겠는가?

하지만 그가 할 줄 아는 것은 이것뿐이다.

어려서부터 이 짓만 해 왔고, 다른 건 할 줄도 모른다.

공장에 취업할 수 있는 것도 아니고.

"알겠습니다."

노형진은 미소 지었다.

"후회는 하지 않을 겁니다."

고호구와의 계약서에 사인하고 나오면서 노형진은 전화를 들었다.

"로버트, 접니다. 노형진입니다."

―미스터 노, 오랜만입니다. 어떻게 지내십니까?

"사실은……."

노형진은 자신의 전담 자산 관리인인 로버트에게 차근차근 벌어진 일을 설명했다.

로버트는 발끈했다.

―미쳤군요! 한국이라는 나라는 정말 이해가 안 갑니다. 그런 사람을 가만둡니까?

"그게 한국이지요. 그는 재벌이니까."

―그러면 어떻게 할까요? 화안그룹에 자금 압박을 할까요?

"아니요."

지금 자금 압박을 해도, 화안그룹에 아주 큰 타격을 줄 수는 없다.

"화안그룹의 주식을 긁어모으세요."

—네?

"화안그룹과 관련된 모든 주식을 긁어모으세요. 본사, 계열사 상관없습니다. 모조리 긁어모으세요."

—알겠습니다.

"그리고 화안그룹의 주식을 가진 사람들을 모조리 조사하세요. 단 1주를 산 사람까지 모조리요."

그리고 몇 가지 명령을 더 내린 노형진은 전화를 끊었다.

"자, 잘나신 회장 나리. 자기가 갑인 줄 알지? 과연 진짜 갑인지 두고 보자고."

쥐꼬리의 왕

3개월이 지났다.

그사이 사건에 대한 수사는 지지부진했다.

노형진의 예상대로였다.

"3개월이나 지났는데 아직도 검찰로 안 넘어가? 허, 미쳤구먼."

법에서 정한 처리 기한을 훌쩍 넘겼음에도 경찰은 사건을 검찰로 넘기지 않았다.

"당연하지. 아직 고호구랑 내가 합의서를 안 써 줬거든."

합의서가 있다면 적당히 처벌을 약화시킬 핑계가 된다.

하지만 합의서가 없다면 처벌을 낮출 핑계가 약하다.

"물론 있든 없든 처벌은 안 받겠지만."

"쩝, 그런데 언제까지 참을 거야? 벌써 3개월이나 지났잖아. 이대로 가다가는 그냥 넘어가겠는데?"

"이제 슬슬 움직여야지."

로버트로부터 모든 준비가 끝났다는 소식이 들어왔다.

전쟁을 하려면 분노에 휩쓸려 막 움직여서는 안 된다.

때에 따라 차근차근 느긋하게 움직이기도 해야 한다.

"일단 저쪽은 완전히 방심하고 있어. 이쪽에서 3개월간 아무런 행동도 하지 않았으니까."

"뭐, 애초에 그들이 아는 너에 대한 정보로는 무시할 만하지. 그런데 바보 아닌가?"

조금만 조사하면 노형진이 정치인을 대상으로 무슨 짓을 했는지 알 거다.

그런데 그들은 그 최소한의 행동도 하지 않았다.

"알지도 모르지."

"응?"

"알지도 몰라."

"그런데 가만히 있는다고?"

"마이스터의 한국 대리인이라는 건 그들에게 영향을 주지 않을 거라 생각하는 거야."

"영향을 주지 않는다?"

"그래, 정치인의 사건과는 좀 다르거든."

정치인들은 대놓고 마이스터와 미다스의 돈을 노렸다.

그러니 그들이 움직일 핑계가 되었다.

"하지만 나와 자신들은 그런 관계가 아니야. 그리고 그들이 말한 대로, 고작 변호사 하나 때문에 재벌과 척지고 전쟁을 시작하는 회사는 없거든."

"아아."

"물론 그 사람이 대표일 경우에는 이야기가 다르지만."

하지만 그들은 그걸 모르고 있다.

"그런 만큼 그들은 방심하고 있을지도 모르지."

"어찌 되었건 좋은 거네."

"그렇지."

그 덕분에 노형진은 아주 편하게 일을 진행할 수 있었다.

아마 그들은 앞으로 무슨 일이 벌어질지 꿈에도 생각하지 못하고 있을 것이다.

"그럼 지금부터 전쟁을 시작하자고."

노형진의 말에 손채림은 전화기를 들었다.

지난 3개월간 기다리던 순간이 왔다.

"김 기자님, 제게 아주 좋은 정보가 있는데요? 호호호!"

⚖

일반적으로 알려진 대로, 화안그룹은 기자들을 관리한다.

하지만 아무리 화안그룹이라고 해도 '모든' 기자들을 통제하지는 못한다.

특히 인터넷 언론사, 그것도 반재벌의 기치를 든 인터넷 언론사들은 아무리 관리해도 통제가 되지 않는다.

그렇다 보니 화안그룹이 할 수 있는 것은 그들에게 정보가 가지 않게 하는 것뿐이었다.

대부분의 인터넷 언론사들은 세력이 약해서 정보 라인이 부실하기 때문이다.

"하지만 일단 인터넷에서 터지고 나면 이야기가 달라지지."

화안그룹 보복 폭행 논란

화안그룹 박태운 회장, 보복 폭행 논란. 피해자 생명이 위독한 것으로 알려져

3개월 만에 드러난 진실, 박태운 회장의 보복 폭행. 경찰, 엄중 수사 중이라 밝혀

"시대가 바뀌었어. 그러면 그에 따라 적응해야 하는데, 소위 오너라는 인간들은 적응을 하지 못하지."

전에는 적절한 돈을 쥐여 주며 언론을 통제하면 충분히 입을 틀어막을 수 있었다.

"하지만 인터넷이 생기고, 일단 새어 나가면 상황이 달라지지."

이미 터진 거라면 기자들은 입을 다물 이유가 없다.

물론 그들에게 적절한 대접을 받고 입을 다문 언론은 여전히 이야기하지 않을 것이다.

　"하지만 그들은 포털이라는 것을 무시하지 못하거든."

　과거에 인터넷이 없던 시절에는 언론에서 제공하는 소스만으로 상황을 알아야 했다.

　하지만 지금은 아니다.

　당장 인터넷 포털 사이트에서 화안그룹과 박태운 회장의 이름을 치면 그와 관련된 뉴스가 쫘악 뜬다.

　"물론 포털도 나름 통제는 하겠지. 하지만 언론사들이야 그렇다 쳐도, 블로그는 이야기가 다르지."

　개인 블로그를 통해 이야기를 뿌리는 것은 어려운 일이 아니었다.

　그러자 화안그룹은 당장 난리가 났다.

　"그런데 생명 위독은 좀 오버 아냐?"

　"후후후, 원래 언론은 오보를 가끔 하잖아?"

　노형진은 생명이 위독한 것으로 소문을 냈다.

　하지만 많이 다치긴 했으나 진짜로 생명이 위독한 것은 아니었다.

　"중요한 건 박태운 회장이 보복 폭행을 했다는 거야."

　언론은 신나게 물어뜯었고, 사람들에게는 화안그룹에 대한 부정적인 이미지가 생기고 있었다.

　당장 시중에서는 불매운동이 일어났다.

그리고 주식은 사정없이 떨어지고 있었다.

"그런데 고작 회장이 보복 폭행했다고 이런 식으로 주식이 떨어지는 이유가 뭐야?"

"리더십의 문제지."

"리더십?"

"그래. 그 대표가 어떤 사람이냐에 따라 그 조직의 문화가 바뀌거든."

한 조직의 리더가 상당히 공격적이고 또 유능한 편이라면, 조직은 그 사람의 명령하에 한 치의 오차도 없이 돌아간다.

마치 군대처럼 말이다.

하지만 리더가 평등과 균형을 지향하고 모두에게 기회를 주는 사람이라면, 조직은 빠른 성장은 하지 못해도 안정적으로 성장하고 탄력적으로 대응하는 게 가능해진다.

"화안그룹은 전형적인 군대 문화야. 딱 보면 모르겠어?"

"하긴, 자기 자식이 맞았다고 조폭 끌고 오는 인간이 이끄는 조직이 평등할 리가 없지."

"맞아. 반대로 말하면 조직의 모든 시스템이 회장 중심으로 돌아간다는 거지."

그런 상황에서 회장이 흔들리거나 업무를 진행할 수 없는 상황이 오면, 주식은 대규모로 폭락할 수밖에 없다.

"하지만 그렇게 심각하게 폭락하지는 않았잖아?"

"그렇긴 하지. 왜일까?"

"처벌받지 않으니까 그런 거 아니겠어?"

"정답."

대부분의 사람들은 그가 제대로 처벌받지 않고 풀려날 거라 생각하고 있다는 뜻이다.

"하지만 그건 어디까지나 한국의 기준이지."

노형진은 여행 가방을 들어 올렸다.

"미국은 좀 다르게 생각할걸, 후후."

⚖

미국. 소송의 나라.

모든 것은 소송으로 통한다.

그런 나라에서 노형진의 입지는 별거 아니었다.

하지만 마이스터의 입지는 전혀 다르다.

"이번 사건에 대해 마이스터에서는 심각한 문제라고 생각합니다."

로버트는 마이스터에서 사람들을 모아 두고 심각한 이야기를 하고 있었다.

노형진 역시 그 자리에 참여하고 있었지만, 그건 어디까지나 화안의 주주로서였다.

"저희는 화안의 가능성을 보고 상당한 금액을 투자했습니다. 그리고 지난주까지 화안은 안정적으로 수익을 내면서 문제를 일으키지 않았습니다. 하지만 오너 리스크는 저희가 예상하지 못한 부분입니다."

오너 리스크.

어떤 회사의 대표가 사회적으로 심각한 문제를 일으키는 것을 뜻한다.

그러면 당연히 회사가 심각한 타격을 입게 된다.

"여러분들도 아시겠지만, 화안의 오너인 박태운 회장과 그 아들이 보복 폭행을 해서 국민 한 명의 생명을 위험하게 만들었습니다. 현재 한국에서 화안그룹의 주식가격은 10% 이상 떨어졌고, 더 떨어질 가능성도 아주 높습니다. 아직 본격적인 수사가 진행되지 않았음에도 불구하고 그의 폭력 행위에 대한 추가적인 정보가 여기저기서 나오고 있으니까요."

노형진은 지난 3개월간 마냥 논 게 아니었다.

그런 보복 폭행을 한 사람이라면 이전에 다른 짓을 얼마든지 더 했다 해도 이상할 것이 없기 때문에 똑같이 당한 피해자들을 은밀하게 모았다.

'대부분은 그들에게 괴롭힘을 당하고 있었지.'

거대한 그룹과 척졌다는 이유로 인생이 바닥으로 처박힌 그들은, 노형진이 복수를 약속하자 기꺼이 돕겠다고 했다.

"그게 무슨 말이지요?"

"또 다른 사건이라니?"

"한국 지부의 한국 담당 변호사의 말에 따르면, 현재 밝혀진 사건만 서른 건 이상이며 추가로 그러한 범죄가 더 있을 가능성이 높다고 합니다. 현재는 화안그룹이 새어 나가는 것을 막고 있다고 하지만, 피해자들이 뭉쳐서 기자회견을 준비하고 있는 이상 주가의 폭락은 막을 수 없어 보입니다."

"으음……."

투자자들의 얼굴이 불편하게 변했다.

"이건 저희로서도 상상하지 못한 상황입니다."

투자회사에서는 회사의 가치를 판단하고 투자한다.

하지만 오너 리스크는 그들도 예상하지 못하는 부분이다.

그 말은, 오너 리스크가 터져서 주식이 날아가면 그 돈을 잃어버리는 건 투자자라는 소리다.

"문제는 그뿐만이 아닙니다."

"이게 다가 아니라고요?"

"그렇게 한번 화안그룹의 오너와 척지고 나면, 화안그룹은 지속적으로 그들을 관리하면서 사회적으로 매장시킨다는 사실이 밝혀졌습니다."

"그…… 그런!"

만일 미국에서 그런 일이 벌어지면 그런 회사는 망하고도 남는다.

미국에서는 절대 받아들여질 수 없는 개념이니까.

사실 한국에서도 그런 일이 벌어질 가능성은 낮다.

'하지만 대부분의 투자자들은 한국에 대해 잘 모르지.'

한국이라는 나라에 대해서는 알지 못한다.

그리고 법에 대해서도 잘 모른다.

그들은 돈이 많은 거지, 정치인이 아니니까.

그러니 뻥카가 통한다.

"소문에 따르면 피해자들이 뭉쳐서 그러한 문제로 수십억 달러의 소송을 할 것으로 예상됩니다."

"수십억 달러!"

"그렇습니다."

"그게 가능하겠소?"

"가능할 겁니다."

물론 가능은 하다.

실제 배상금은 결국 정부에서 터무니없이 낮게 잡아 주겠지만.

'청구 금액은 내 마음이지.'

노형진은 키득거리며 속으로 웃었다.

"이러한 긴급 상황에서 저희가 여러분을 모신 이유는, 이오너 리스크로 인한 피해를 가만히 두고 볼 수 없다고 판단했기 때문입니다."

"오너 리스크로 인한 피해라……."

"그렇습니다. 저희는 오너인 박태운 회장에 대해 징벌적 손해배상을 청구할 생각입니다. 이미 마이스터에서 참여하기로 하였으며, 일부 주주들도 참여하기로 했습니다."

"징벌적 손해배상이라……. 가능할까?"

"충분히 가능합니다."

마이스터는 미국 회사이기에 미국의 투자자들의 돈을 가지고 미국에서 주식을 샀다.

법적으로 보면 피해자가 미국에 있으므로 미국에서 소송하는 것은 전혀 문제가 되지 않는다.

"이번 일을 진행하기 위해 이미 브로커를 고용해 놨습니다."

"제대로 하려는 모양이군."

"제대로 할 수밖에 없다고 생각합니다. 한국 지부의 보고에 따르면, 한국은 다른 지역에 비해 오너 리스크의 가능성이 훨씬 높다고 합니다."

"어째서?"

"거의 모든 기업들이 세습적 형태로 운영되기 때문에, 사실상 직원들을 노예로 생각하는 성향이 강하다고 합니다. 그리고 기존 사례들이 그러한 면을 증명하고 있고요."

다들 똥 씹은 표정이 되었다.

그런 나라라면 투자하지 않고 싶지만, 그러기에는 한국이 확실히 돈이 되는 곳이라는 점이 문제였다.

"그래서 미국의 주주들을 모아서 징벌적 손해배상을 청구할 예정입니다. 주요 목적은 오너 리스크로 인해 발생한 피해의 복구입니다."

"하지만 그것 자체가 기업에 리스크가 되는데?"

이쪽에서 소송한다면 회사 자체에 타격이 간다.

즉, 자신들이 소송한다는 것 자체가 회사 자체의 주가를 낮추는 결과를 불러오는 터무니없는 현상이 발생한다는 것이다.

"그 부분은 걱정하지 않으셔도 됩니다. 우리의 소송 대상은 오너인 박태운 회장뿐입니다."

"박태운 회장?"

"그렇습니다. 오너 리스크를 발생시킨 건 그 사람이니까요. 궁극적으로 그를 오너에서 몰아내는 것이 목적입니다."

"몰아낸다라……."

"참여를 원하시는 분들은 연락을 부탁드립니다."

그것 말고도 이런저런 이야기가 있었지만, 결론적으로 박태운에 대한 징벌적 손해배상을 청구하는 것으로 회의는 결론이 났다.

당연하다. 자본은 피도 눈물도 없으니까.

그들이 간 후 로버트는 노형진에게 다가와서 걱정스럽게 물었다.

"몸은 어떠십니까?"

"멀쩡합니다. 그다지 심하게 다친 건 아니니까요."

"말씀하신 대로 했습니다. 일단 계열사별로 따로 징벌적 손해배상을 청구할 겁니다. 그런데 이걸로 화안그룹에 타격이 갈까요?"

"갈 겁니다."

"어째서요?"

"한국은 오너와 그룹을 일체화해서 생각하거든요."

"네?"

"두고 보면 아실 겁니다."

노형진은 씩 웃었다.

"일단 징벌적 손해배상에 관해서는 승리할 가능성이 높습니다."

"그렇지요."

노형진이 괜히 미국에서 소송하는 게 아니다.

일단 배상액 자체도 미국이 높은 데다가, 미국에서 주식을 긁어모은 큰손들은 정재계에 힘을 쓸 만한 진짜 큰손들이었다.

"그런 사람들이 소송이 시작되면 구경만 할 리가 없지요."

물론 화안그룹은 말도 안 된다고 길길이 날뛸 테지만.

"다른 건 몰라도, 미국은 자국 내 피해에 대해서는 무척이나 칼 같으니까요."

"맞습니다. 회장이니 어쩌니 해도, 결국 고용인이니까요."

한국은 회장이나 사장이라고 하면 그 회사의 주인이라 생각한다.

하지만 외국은 좀 다르다.

그들은 엄밀하게 말하면 최대 주주들의 고용인일 뿐이다.

"미국에서는 직원이 깽판 쳐서 회사에 입힌 피해에 대해배상하는 건 당연한 거고요."

"다만 두 나라의 차이를 서로 잘 모를 뿐이지요."

노형진은 키득거렸다.

"자, 그러면 이 소식을 한국에 있는 우리 친구들에게 빨리 전해야겠군요."

미국 마이스터, 화안그룹에 100억 달러 규모의 징벌적 손해배상 청구!

미 법률 전문가, 마이스터의 승소 점쳐

노형진이 한국으로 돌아왔을 때 한국의 언론은 말 그대로 난리가 났다.

그리고 화안그룹의 주식은 바닥으로 신나게 추락하고 있었다.

"이해가 안 가는군요."

함께 들어온 로버트는 고개를 갸웃했다.

마이스터에서 고소한 것은 박태운 회장이지 화안그룹이 아니다.

그런데 한국 언론이 왜 이렇게 난리를 친단 말인가?

회장이 소송당했다고 회사 주식이 이 정도로 떨어지는 게 이해가 가지 않는 그들이었다.

"한국과 미국의 차이입니다. 물론 우리가 장난치는 것도 있지만."

노형진은 간단하게 대답했다.

"미국은 회장이 구속되든 잡혀가든 그건 회장의 일일 뿐이지요. 하지만 한국은 회장이 기업 그 자체라는 느낌이 강해요. 특히나 이런 손해배상은 더하죠."

회장에게 손해배상을 청구한다고 해도, 결국은 회장이 아닌 기업이 갚아야 한다고 생각한다.

그러나 사실 여기에도 노형진의 함정이 있었다.

한국에서 나가는 최초의 뉴스에 '화안그룹'이라고 발표하도록 조작한 게 노형진이었기 때문이다.

'한국의 우라까이 문화는 뻔하지.'

한국의 기자들은 직접 발로 뛰기보다는 남의 기사를 보고 베끼기 바쁘다.

그런 상황에서 특정 언론에서 '화안그룹에 대한 손해배상'이라고 뉴스가 보도되자 너도나도 그걸 베낀 것이다.

'누군가 마이스터에 전화해서 확인만 해도 오보는 뒤집어질 텐데.'

하지만 마이스터로 오는 전화는 한 통도 없었다.

"이해가 안 갑니다."

"실제로 한국에서는 그게 보통입니다. 문화의 차이죠."

"보통이라고요?"

"네. 회장이 사고 쳐서 배상하거나 벌금을 내야 하면, 그걸 기업이 슬쩍 대납해 버립니다. 물론 불법이지만, 대부분 모른 척하죠."

그러니 100억 달러를 화안그룹이 내야 한다는 소문이 난 것이다.

'물론 그 소문을 낸 건 나지만.'

"하긴, 100억 달러면 기업 입장에서는 심각한 타격이지요."

한국 돈으로 무려 10조다.

징벌적 손해배상이라는 것이 상대방에 벌을 줄 목적으로 막대한 손해배상을 청구하는 것이기 때문에 이 중 얼마나 인정될지는 모르지만, 최소한 1조 이상은 인정될 가능성이 높다.

"미국은 어떤가요?"

"난리가 났지요. 화안그룹의 브로커와 우리 쪽 브로커가 열심히 뛰어다니고 있습니다."

"승률은?"

"한국 농담 중에 팔은 안으로 굽는다는 말이 있다고 하더군요."

한국의 미친놈 때문에 자국 내 재벌들이 손해 보게 생겼으니 미국 정부와 재판부가 어떤 결정을 할지는 이미 답이 나와 있었다.

"좋습니다. 그러면 전 다음 작전을 준비하도록 하지요. 해임안은 가지고 오셨습니까? 로버트 씨는 바로 해임안을 제출하세요. 주주 회의를 소집할 정도의 주식은 충분히 있으니까."

"진짜로 해임될까요?"

"무리일 겁니다."

한국 대기업의 주식은 의외로 한국 정부에서 많이 가지고 있다.

그들은 기업의 운영권을 빼앗기지 않기 위해 사력을 다한다.

"더군다나 이번 정권은 친재벌 정책을 쓰고 있지요."

어쩔 수가 없다.

애초에 대통령 본인 스스로가 경제인 출신으로, 재벌의 기준에 들어가는 사람이니까.

"하지만 사람들의 생각을 흔들 수는 있지요."

노형진은 씩 웃으며 말했다.

⚖️

화안그룹의 박태운은 쉴 새 없이 날아오는 공격에 정신을 차릴 수가 없었다.

"이런 개돼지들이!"

주주들이 그에게 손해배상을 청구했다.

다행히 한국 주주들은 문제가 되지 않았지만, 안심할 수가 없었다.

이미 미국 주주들이 한 짓이 있기 때문이다.

"미국에서는 뭐래?"

"이 경우는 명백하게 징벌적 손해배상의 대상이랍니다."

사업적인 것도 아니고 개인의 폭력 행위다.

그로 인해 기업에 심각한 타격이 갔다.

물론 그로 인해 화안그룹이 망하거나 하지는 않겠지만, 매출의 타격은 피할 수 없다는 것이다.

"젠장, 한국이라면 어떻게 하겠는데."

한국이라면 언론사의 아가리에 돈을 쑤셔 박아 입을 다물게 하고, 재판장의 아가리에 돈을 쑤셔 박아 무혐의로 처리시킬 수 있다.

문제는 미국이라는 것.

"만일 징벌적 손해배상이 인정되면 얼마나 내야 될 것 같나?"

"아무리 그래도 500억 이상은……."

"500억? 하? 장난해?"

물론 자신의 재산은 그것보다 많다.

하지만 그 재산의 대부분은 주식이다.

현금으로 500억씩 가지고 있는 사람이 얼마나 되겠는가?

당연히 배상하기 위해서는 주식을 팔아야 한다.

이는 즉, 자신의 자리가 위험해진다는 것이다.

"하지만 선례도 있었고……."

더 심각한 문제는, 박태운 회장의 보복 폭행이 이번이 처음이 아니라는 것.

전에도 운전기사와 부하, 술집 종업원 등을 두들겨 팬 적
이 있었다.

"한 번이면 실수로 몰아갈 수 있겠지만……."

다수의 범죄 기록을 가지고 있으며 그 대부분이 폭행이다.

그런 경우 대부분의 사람들의 생각은 이 사람은 답이 없다
는 것이고, 그런 경우 재판부는 회장 자리에서 몰아내는 것
이 주주들에게 최선이라고 생각한다.

"그래서 최소가 500억입니다. 그보다 더 높아질 가능성
이……."

부하는 진땀을 흘리며 보고했다.

"아오, 씨발!"

아니나 다를까, 고개가 한쪽으로 휙 꺾이면서 그가 바닥을
나뒹굴었다.

"야, 이 새끼야! 지금 그걸 보고라고 하는 거야!"

그의 폭행은 한두 번이 아니다.

상습 정도가 아니라 버릇이라고 봐야 한다.

자신에게 조금이라도 불리하거나 기분 나쁜 보고면, 보고
자를 두들겨 패는 일이 비일비재했으니까.

"이런 쌍놈의 새끼들."

이를 박박 가는 박태운 회장.

"당장 미국에서 최고로 비싼 변호사들 불러! 전관을 붙이

란 말이야!"

"네? 아, 네, 네……."

사실 미국에는 전관이 없다.

정확하게 말하면 미국은 임용 후에 판사로 나가는 게 아니라 변호사 생활을 하다가 판사로 임용되는 형태라, 전관이라는 게 있을 수가 없다.

'하지만 그걸 말하면 내가 또 맞겠지.'

부하 직원은 그렇게 생각하면서 고개를 푹 숙였다.

"이런 개새끼들. 그리고 공단 쪽에 약속 잡아."

"약속요?"

"그래, 이 상황에서 비빌 수 있는 게 뭐가 있어?"

이런 문제에 예민한 것이 바로 주식시장이다.

그리고 최대 주주는 한국의 연금공단이나 의료보험공단 등이다.

"망할 개돼지들 때문에 이게 무슨 창피야."

박태운 회장은 이를 빠드득 갈았다.

하지만 그는 자신이 건드린 상대가 어떤 인간인지 알지 못했다.

⚖️

"역시나 변호사를 선임했군."

이것이 법이다

"한 치의 오차도 없구먼."

손채림은 혀를 내둘렀다.

노형진은 피식 웃음을 지었다.

"저런 새끼들이 이런 짓을 한두 번 하는 것도 아닐 테니 뭐 뻔한 거 아냐?"

저들이 선임한 변호사들은 미국의 킹오브킹 로펌 소속이다.

이쪽에서 최고의 승률을 자랑하며, 또한 로비력 또한 뛰어나다.

"우리가 맡긴 드림 쪽도 나쁘지 않지만 그쪽은 넘사벽 아니야?"

드림 로펌은 노형진이 만든 미국계 로펌으로, 한국에서 의뢰받은 미국 현지 사건의 상당수를 해결하고 있다.

최고의 실력자들을 모아 둔 곳이기는 하지만 로비력이 부족한 것이 사실.

"이런 사건은 로비력이 중요한데."

"그렇지. 하지만 지금 박태운 회장은 크게 실수하고 있어."

"응?"

"이건 개인의 사건이라는 거야."

"그럼 당연히 개인의 사건이지 아니면 누구의 사건이야?"

"맞아. 하지만 과연 킹오브킹 로펌을 고용한 건 누굴까?"

"응?"

손채림은 이해가 가지 않았다.

킹오브킹을 고용한 것은 당연히 화안그룹이다.

그들이 적지 않은 돈을 줬고…….

"허, 설마?"

"정답. 한국은 기업이 재벌의 물건이라 생각하지, 후후후."

하지만 재벌은 사실 기업의 한 부품일 뿐이다.

"이걸 미국식으로 보면, 명백하게 업무상 배임이야. 당연히 징벌적 손해배상 대상이고."

"허, 미친. 동시에 두 개 다 들어가겠다고?"

"그래."

개인의 폭행으로 인해 개인에게 걸린 소송이다.

당연히 그 배상금은 기업이 아닌 개인이 내야 하는 돈이다.

하지만 한국의 모든 기업이 그렇듯이, 자연스럽게 화안그룹이 모든 소송 비용을 감당했다.

"이걸 가지고 미국에서 손해를 볼 거야. 킹오브킹 로펌이 이런 사건을 전담하면 얼마나 받을 것 같아?"

"한…… 10억?"

"10억?"

노형진은 코웃음을 쳤다.

한국에서도 그 정도 돈으로는 이 정도 사건을 맡아 주지 않는다.

청구 금액만 해도 100억 달러니까.

물론 다 인정되지는 않겠지만.

"내가 왜 100억 달러라는 터무니없는 금액을 청구했는지 알아?"

"글쎄. 가능성이 있어서?"

"기업도 아니고, 개인이 아무리 재벌이라고 해도 그 정도는 못 내지."

"그러면?"

"변호사 비용 때문이야."

청구 금액이 크면 비용도 커진다.

일반적으로 미국의 변호사들은 세 가지 방식으로 비용을 청구한다.

첫 번째는 시간당 정해진 금액으로.

두 번째는 약정된 금액으로.

세 번째는, 받아 내야 하는 돈이 있는 사건이라면 그중 얼마라는 식이다.

"시간당은 사건이 무겁지 않을 때 많이 쓰지."

간단한 사건인데 비싸게 부르면 다들 국선변호인만 찾을 테니까.

안 그래도 미국은 비싼 변호사 비용 때문에 제대로 된 변호사를 선임하는 사람이 드문 상황인데 별 대수롭지도 않은 일로 누가 수만 달러씩 내면서 변호사를 사겠는가?

"이런 경우는 보통 약정 비용이야."

"아하!"

약정 비용은 청구 금액이 클수록 그에 따라 커진다.

그런데 이 건은 청구 금액이 무려 100억 달러다.

"아무리 못해도 100억 정도의 비용은 청구하겠지."

화안그룹은 그걸 받아들일 것이다.

100억이 큰돈이라고 하지만, 그들은 거대 그룹이다.

그 정도 돈이 없을 리가 없다.

"하지만 개인이라면 어떨까?"

노형진은 잔인한 미소를 지었다.

⚖️

"이 무슨……."

화안그룹은 난리가 났다.

회장과 담당자들이 업무상 배임으로 고발당한 것이다.

한국의 주주들 역시 뭉쳐서 소송을 걸었고, 미국은 또 징벌적 손해배상을 청구했다.

그것도 이번에는 기업을 대상으로.

당연히 박태운 회장은 펄쩍 뛰었다.

"이게 무슨 소리야? 왜 우리 변호사 비용을 가지고 주주들이 지랄을 하는데!"

"회장님, 진정하십시오!"

"지금 진정하게 생겼어!"

물론 자신에게 청구한 금액보다는 작다.

하지만 회사에 청구한 금액이 무려 50억 달러.

징벌적 배상을 해 달라는 것이다.

"그게, 담당 변호사의 말에 따르면……."

"따르면?"

"기업에서 범죄자를 보호하기 위해 주주들에게 피해를 입혔다고……."

"뭐?"

단순히 회장을 보호하기 위해서 한 일이다.

그런데 그게 범죄자 보호라고?

"어떻게 그런 말도 안 되는 소리가 나오는데!"

'말이 안 되는 소리는 아닙니다.'

부하는 목구멍 위까지 올라온 말을 꿀꺽 삼켰다.

사실 누가 봐도 회장은 범죄자니까.

"회장님의 개인 사건에 기업이 끼어든 것이 문제랍니다."

"기업이 끼어들어?"

"네."

"그게 무슨 개소리야? 내 사건이니까 당연히 화안에서 나서야지!"

"회장님…… 법적으로 이번 사건은 회사의 사건이 아닙니다."

"뭐?"

"회장님 개인 사건인지라……."

애초에 사건을 저지른 것도 그였고, 소송을 당한 것도 그였다.

당연히 그가 사건의 주체이지 회사는 아니다.

하지만 그는 당연하다는 듯 회사가 자신의 변호사 비용을 내게 만들었다.

"그게 문제랍니다."

"그게 어째서 문제인데?"

"그건…… 명백하게 업무상 배임인지라…….."

한두 푼도 아니고 무려 100억짜리 소송이다.

회사에서 100억의 손실을 봤다는 것은 주주들이 100억의 손해를 감당해야 한다는 소리다.

회사의 기본적인 고정비용은 어쩔 수가 없으니까.

"아니, 그게 무슨 개소리야!"

기업을 소유물이라 생각하는 박태운 회장으로서는 지금 상황이 도무지 이해가 가지 않았다.

"아무래도 저희가 이번 소송 비용을 내지는 못할 듯합니다."

"저희?"

박태운의 눈썹이 꿈틀거렸다.

저희?

"그러니까 지금, 내 소송 비용을 내가 내라 이거냐?"

"어쩔 수가 없습니다. 이건…….."

한국은 그런 부분에 대해 물렁하다.

재벌을 위한 시스템이니까.

하지만 미국은 아니다.

미국이 소송 천국이라고 불리는 데에는 이유가 있다.

샌드위치 길이가 3센티미터 짧다고 손해배상을 청구하는 나라가 미국이며, 또 그걸 인정해서 징벌적 손해배상으로 100만 달러를 배상하라고 하는 게 미국이다.

"개인적 범죄에 대한 변호 비용을 저희가 내는 건 주주들에게 심각한 타격이기 때문에……."

명백하게 징벌적 손해배상 대상이며, 그걸 알면서도 버티면 자신들은 수백억 달러를 배상해야 한다.

'그리고 그걸 가지고 또 다른 주주들이 소송을 걸겠지.'

농담이 아니다.

실제로 온 경고다.

자신들이 선을 끊으면 되는 일인데 거기서 버티면 배보다 배꼽이 엄청나게 더 큰 소송이 연이어 이어진다.

"야, 이 새끼야!"

박태운은 분노를 참지 못하고 명패를 잡고 휘둘렀다.

부하는 그걸 보고 기겁했다.

"히이익!"

"어쭈, 피해?"

"회장님, 진정하세요!"

단순히 던진 게 아니다.

기다란 명패의 끝을 잡고 몽둥이처럼 휘둘렀다.

안 그래도 회장이라고 더럽게 긴 명패다.

저걸 맞았다가는 단순히 멍드는 걸로 끝나지 않는다.

"이 새끼, 넌 내 손에 죽었어!"

"회장님!"

길길이 날뛰는 회장.

하지만 그는 몰랐다.

사무실 구석에서 작은 카메라가 그 모습을 찍고 있다는 것을 말이다.

⚖️

"박태운 회장이 변호사를 바꿨다는데?"

"당연하지."

아무리 박태운이라고 해도 100억짜리 로펌은 비싸다고 느낄 수밖에 없다.

그러니 회사에서 지원해 주지 못하게 된 이상 더 싼 곳을 고르는 수밖에 없다.

"그리고 더 싼 곳이라는 것은 실력이 없다는 뜻이지."

노형진은 씩 웃었다.

물론 변론 실력을 말하는 게 아니다.

아마도 변론 실력이 없는 사람은 아닐 것이다.

아무리 그래도 재벌이니 급이 있을 테니까.

"로비력이 부족할 거야."

"그러면 우리가 청구한 금액이 인정될 가능성이 높네?"

"그럴걸."

운이 좋다면 전액 인정될 가능성도 존재한다.

"다음은 우호 지분에 대한 공격을 해 봐야지, 우후후."

우호 지분.

사실 아무리 재벌가가 회사의 회장이라고 해도, 그들이 주식의 50%씩 가지고 있는 경우는 드물다.

아니, 불가능하다.

"그래서 대부분은 다른 곳을 끼지."

그중 대량의 지분을 가지고 있는 사람들.

회장은 그들을 극진히 대접하면서 한편으로 만든다.

"그 사람들이 가진 지분을 우호 지분이라고 해."

"그건 나도 알아. 나도 주주 중 한 명이라고."

손채림의 말에 노형진은 고개를 끄덕거렸다.

"보통 우호 지분은 그들이 자리를 지키기 위해 의결권을 행사할 때 위력을 발휘해. 한국의 공단이나 은행이 보통 그런 식으로 의결권을 행사하거든."

"그거야 유명하잖아. 그래서 대기업 회장들이 사람을 죽여도 안 잘리는 거잖아?"

"맞아."

그들을 자를 수만 있다면, 그들은 그저 주식을 많이 가진 주주 중 한 명이 될 뿐이다.

하지만 그들을 자르지 못하니 그들이 회사를 좌지우지하면서 사실상 기업을 지배하고 범죄를 저지르고 갑질을 한다.

"지금까지 대기업 사장들은 잘린 적이 없어. 심지어 교도소에 가 있는 동안에도 그 자리는 유지되지. 그런데 이건 말도 안 되는 소리거든."

기업의 수장이다.

교도소에 가게 되면 당연히 그동안은 업무를 진행하지 못한다.

"그런데 그가 가 있는 동안에도 기업은 잘 돌아간다? 그러면 사실, 그는 없어도 그만인 거라는 소리잖아?"

"어? 그러네."

3년씩 자리를 비우는데도 기업에 아무런 타격이 없다면, 그는 그 기업에 필요 없는 사람이라는 소리다.

매년 100억씩 월급을 받는데도 말이다.

"혹은 수감 상태에서 기업을 운영한다? 그렇다면 우리나라 정부가 특혜를 주고 있다는 뜻이지."

"으음…… 복잡하네."

"어느 쪽이든 정상은 아니라는 거야."

"그래, 무슨 소리인지 알겠어. 이번에 재벌도 잘릴 수 있다는 걸 보여 주고 싶은 거 아냐?"

"그래."

"하지만 네가 그랬잖아, 우호 지분이 문제라고. 내가 알기로는 우호 지분이 33%쯤 될 텐데."

주주 회의가 열린다고 모든 주주들이 다 참석하는 것은 아니다.

공식적으로는 1주라도 가지고 있다면 출석할 수 있지만, 그런 사람은 오지도 않는다.

왜냐면 가 봐야 의미가 없으니까.

1주짜리 주주의 의견을 들어 주는 사람은 없다.

주식회사는 1인 1표가 아니다.

보유하고 있는 주식만큼 힘을 가진다.

"공식적으로는 34% 정도겠지만, 회의에 참석하는 사람들의 기록을 보면 절반 이상이야. 대략 60% 정도 된다고."

"이번에는 아닐걸. 내 쪽에서 긁어모은 것이 있으니까."

"그래도 힘들지 않아?"

그랬다 해도, 주주 회의에서 표결에 들어가면 저들이 꺾이지 않을 가능성이 높다.

"그렇지. 하지만 돈이 달린다면?"

"응?"

"아직 한국에서는 회장에 대한 소송은 없지 않아?"

"아……."

손채림은 노형진의 말에 입을 쩍 벌렸다.

지금 소송 중인 쪽은 미국 주주들이다.

하지만 주식의 폭락으로 인해 손해를 입은 것은 미국 주주나 한국 주주나 마찬가지.

"하지만 한국에서는 소송하는 사람이 없지. 왜일까?"

"총대를 메는 사람이 없으니까."

"맞아."

화안에 대한 두려움으로 총대를 메는 사람이 없는 것이다.

"하지만 미국계 기업이 총대를 메면 이야기는 달라지지."

미국인은 그들을 두려워할 이유가 없다.

"그리고 그 대신에 의결권을 넘겨받겠다고 하면?"

"주려나?"

"줄걸. 개미들의 목적은 의결권이 아니거든."

개미의 목적은 의결권이 아니라 시세 차익이다.

그러니 누가 회사를 지배하든 상관없다.

회사 주식을 더 비싸게 만들어 줄 수 있는 사람이라면 누구라도 좋다.

"현 상황에서 박태운 회장이 버티고 있는 이상 회사의 주식은 바닥을 치지. 하지만 우리 쪽에서 다른 회장을 민다면?"

그래서 주가를 상승시킬 수 있다면?

"개미들을 무시하지 마라."

개미들, 그러니까 개인 주주들은 지금 폭락한 화안그룹의 주가 때문에 속이 바짝바짝 타고 있을 게 뻔하다.

그걸 복구시켜 줄 수만 있다면, 의결권 따위는 신경도 쓰지 않을 것이다.

"그리고 일정 이상의 주주들이 모이면 우리는 주주명부의 공개를 요청할 수 있지. 이미 했고."

"허."

"그러니까 이번 주주 회의는 좀 다를 거야, 후후후."

"아…… 미치겠네."

박태운 회장은 입술이 바짝바짝 말랐다.

어떻게 해서든 해임안을 막으려고 했지만 결국 올라오고야 말았다.

"이야기는 다 끝난 거지?"

"네. 최대 주주들은 우리 쪽에 붙기로 했습니다."

"저쪽에서 주주명부를 요구했잖아?"

"그건 그렇습니다. 하지만 아시지 않습니까? 개미들이 뭉쳐 봐야 개미일 뿐입니다. 애초에 뭉치지도 못합니다."

"하긴."

사실 개미들이 가진 주식을 다 합치면 30%가 넘는다.

하지만 그들은 주식의 차액만 노릴 뿐 제대로 의결권을 행사한 적이 없다.

그래서 회사에서도 그러한 개미 주주들의 주식은 없는 걸로 생각하고 계획을 짠다.

개미들이 죽어 봐야 어쩌겠는가?

"걱정하지 마십시오. 우리는 충분히 이길 수 있습니다."

"그래…… 그래야지."

박태운은 떨리는 마음을 애써 다잡았다.

'한두 번도 아니니까.'

자신을 몰아내기 위해 누군가가 협잡질을 해 온 게 한두 번도 아니고, 자신은 그 모든 것을 이겨 냈다.

'이번도 마찬가지야.'

그는 애써 침을 꿀꺽 삼켰다.

자리만 지킬 수 있다면 돈을 빼돌릴 수 있다.

'그리고 그 돈이면 손해배상도 충분히 막을 수 있어.'

지금이야 지랄한다지만, 자신의 자리가 확실하게 안정되면 나중에야 무슨 말을 할 수 있겠냐는 생각이 들었다.

시시각각 회의는 진행되었고 안건은 변경되었다.

그리고 드디어…….

"다음으로 현 회장에 대한 해임안을 상정하겠습니다. 현 회장인 박태운은……."

사회자의 말에 모두가 침묵을 지켰다.

지금까지의 안건과는 전혀 다른 이야기였기 때문이다.

"그러면 현 안건에 대한 발의자 측의 의견을 들어 보겠습니다."

사회자의 말에 앞으로 나오는 남자.

박태운 회장은 그를 바라보다가 고개를 갸웃했다.

'누구지?'

모르는 사람이다.

하지만 왠지 눈에 익은 듯한 모습.

그런 자신의 시선을 느낀 건지 이쪽을 바라본 남자가 갑자기 빙긋 웃었다.

'저 새끼는 뭐야? 어이가 없군. 이 새끼, 회의 끝나고 보자.'

무사히 자리를 지킨 채 회의가 끝나면 저 시건방진 자의 신분을 알아내서 철저하게 파멸시키리라, 박태운은 그렇게 생각했다.

드디어 시작된 의견 개진.

"현 회장은 폭력적 성향으로 인해 수차례 문제를 발생시켰습니다. 현대는 인터넷의 발달로 인해 기업의 도덕성을 심각하게 따지는 시대가 되었습니다. 하지만 현 회장은 자신이 절대적 갑이라는 부분을 이용해서 다수의 사람들에게 폭행 및 보복을 일삼고 자신의 눈 밖에 난 사람들을 사회적으로 매장시키는 등, 그의 범죄행위는 지속적이고 집요하게 이루어졌습니다."

노형진은 거기까지 말하고는 물을 삼키면서 주변을 살폈다.

주주들의 눈에 가득한 여러 가지 감정들.

누군가는 분노를, 누군가는 호의를, 누군가는 호기심을 가지고 있었다.

하지만 그들의 눈에 보이는 한 가지 생각은, 어렵지 않게 알 수 있었다.

바로 회장이 바뀔 일은 없다는 확신.

'잠시 후면 저게 모조리 경악으로 바뀌겠지.'

노형진은 속으로 히죽 웃으면서 계속 말을 이어 갔다.

그리고 범죄 사항이 길어질수록 주주들의 얼굴은 창백해져 갔다.

이 정도로 범죄를 많이 저질렀을 줄은 전혀 예상하지 못했으니까.

"그동안의 범죄와 운영 방식의 문제로 인해, 현재 주식은 심각한 타격을 입었습니다. 하지만 현 회장인 박태운은 어떠한 사과나 반성도 없이 여전히 사건을 은폐하는 데에만 매달리고 그 과정에서 화안의 자원을 사용하여 궁극적으로 주주들에게 심각한 재산적 피해를 입히고 있는 바, 이러한 문제로 현 회장에 대한 해임안을 상정하는 바입니다."

발의자 측 의견을 듣고 있던 박태운은 그제야 노형진의 얼굴을 기억해 낼 수 있었다.

'그때 그 새끼잖아?'

자신이 보복 폭행을 할 때 개기다가 두들겨 맞았던 그 변호사, 노형진이었다.

'이런 개자식! 끝나면 두고 보자.'

눈이 뒤집혀 보복을 결심하는 박태운.

하지만 상황은 그의 생각과는 좀 다르게 흘러가기 시작했다.

"그런 이유로 저희는, 현 회장인 박태운을 해임하고 그 자리에 전문 경영인 서상우 씨를 추천하는 바입니다."

"어?"

"뭐라고?"

다들 어리둥절한 표정이 되었다.

그럴 수밖에 없었다.

서상우라는 이름은 모두가 잘 알고 있었으니까.

"너 이 새끼!"

박태운은 경악을 금치 못해 고개를 홱 돌려 옆자리를 노려보았다.

그가 키우던 개새끼, 부하 직원이 일어나서 그를 바라보고 있었다.

"서상우 씨는 회사의 주요 업무를 담당하던 자로서 경험도 풍부할 뿐만 아니라……."

"이이익……."

믿었던 부하의 배신에 박태운 회장의 눈깔이 돌아갔다.

하지만 노형진은 그런 그를 보면서 속으로 비웃었다.

'심심하면 그렇게 개 패듯이 패면서 믿는 부하라고 하면 누가 믿나?'

당연히 쌓인 게 많던 서상우 상무는 노형진이 접근하자 배신을 선택했다.

"이게 무슨……."

그의 존재를 알고 있던 사람들은 얼굴이 사색이 되었다.

그럴 수밖에 없다.

"저는 회장으로서 최선을 다해 회사를 키우고 지키겠습니다."

자연스러운 말이지만 아는 사람은 안다, 이 말의 이면을.

그는 회사의 중심이고, 모든 일을 안다.

즉, 회장이 되지 못한다면 굳이 회사를 지킬 이유가 없다는 뜻이다.

'알겠지, 무슨 뜻인지.'

회사의 더러운 면을 알고 있는 사람.

그가 미국계 주주들과 붙어먹었다.

만일 그가 회장이 되지 못한다면 그는 화안그룹의 더러운 면을 터트릴 것이고, 징벌적 손해배상으로 꿀을 빤 미국계 주주들 입장에서는 그걸 핑계로 화안그룹의 재산을 쭉쭉 빨아 갈 것이다.

'하지만 한국은 그런 게 없지.'

한국의 고질적인 문제.

피해자에게 터무니없는 배상금밖에 주지 않는 분위기 때문에, 만일 그런 일이 터지면 한국의 주주들은 말 그대로 개털이 된다.

미국에서 수백억 달러씩 털어 갈 때, 한국은 법률상 본전이나 건지면 다행이다.

아니, 다행 정도가 아니라 하늘이 도와준 셈이다.

한국에는 징벌적 손해배상 제도가 없으니까.

"저는 회장의 해임에 관하여, 그 정당성에 대해 이야기하도록 하겠습니다. 그가 저지른 수많은 범죄 행각이 이 안에 있습니다. 일부를 보여 드리지요."

서상우는 자리로 올라가서 미리 준비된 플레이어로 영상을 재생했다.

"우으……."

사람들의 입에서 신음이 흘러나왔다.

그럴 수밖에 없었다. 사람을 폭행하고, 사회적 매장을 명령하고, 보복하고…….

"참고로 이건 미국 법원에 제출될 예정입니다. 이미 사본이 미국 담당 로펌으로 넘어갔습니다."

"……."

"이러한 사람을 놔두면 기업에 크나큰 타격이 갑니다. 그래서 저는 이번에……."

혼이 나간 듯 입을 쩍 벌리고 있는 박태운 회장.

하지만 눈치 빠른 몇몇은 그를 바라보다가 고개를 흔들었다.

그리고 몇몇 주주들은 슬슬 자리를 움직이기 시작했고, 몇몇은 어디론가 다급하게 전화를 걸었다.

"야, 이 새끼야!"

결국 박태운은 발끈해서 일어났다.

"넌 내 손에 죽었어! 알아? 아느냐고, 이 새끼야!"

길길이 날뛰는 박태운.

"죽여 버릴 거야!"

"진정하세요!"

"죽여 버릴 거야!"

결국 회의는 정회가 될 수밖에 없었다.

⚖️

결국 박태운은 잘렸다.

한국에서 대기업의 회장이 해직당하는 초유의 사태에, 한
국 언론과 경제는 난리가 났다.

그냥 잘린 것도 아니다.

무려 65%가 찬성하여 잘렸다.

비율을 생각하면, 기존 세력 중 누군가는 배신했다는 뜻이다.

"배신, 예상했어?"

"했지."

"어째서?"

"최대 주주에게 아무리 접대를 받아도 대주주의 목적은
결국 돈이거든. 하지만 서상우는 회사의 핵심 인사라 많은

비밀을 알고 있어."

"그럼 서상우가 회장이 되지 못한다면 그걸 까발릴 거라 생각한 거구나."

"그래, 회장 개인의 치부이기는 하지만, 까발릴 거라는 것도 확실하고."

노형진은 느긋하게 의자에 기대앉았다.

"대주주들은 회장과 기업의 더러운 이면을 알 수밖에 없지. 하지만 돈이 되니까 신경 쓰지 않는 거야. 그런데 돈이 안 된다면? 오히려 손해가 된다면?"

"의리는 없는 거네."

"그래."

노형진은 어깨를 으쓱했다.

"서상우가 미국 쪽하고 붙어먹었으니 당연히 소송이 진행될 거라 생각했을 거야. 만일 해직되지 않았다면 진짜로 그랬을 테고."

"박태운이 그냥 넘어가진 않으니까?"

"그래."

박태운은 서상우에게 언제나처럼 보복하려고 했을 테니, 서상우는 살기 위해서라도 싸워야 했을 것이다.

"결국 그걸 알아챈 일부가 배신한 거지. 그런데 일부라고 해도 가진 주식이 적지 않으니까……."

그곳은 대주주들이 모이는 자리다.

그러니 그런 자리에 참석하는 이들의 배신은 치명적일 수밖에 없다.

"더군다나 그 이후의 일도 있고?"

"정부의 선택이야 뻔하지. 지금까지 만들어진 선이 있으니까."

아니나 다를까, 정부에서는 박태운 회장의 해임에 반대표를 던졌다.

노형진은 그걸 그대로 녹화해서 인터넷에 뿌렸다.

"정부랑 공단이 아주 그냥 신나게 씹히던데?"

"그럴 수밖에 없지. 정부에서 범죄자를 보호한 셈이니까."

주주 회의에 출석한 사람이야 의결권을 어떻게 행사할지 이미 명령을 받은 상태였을 테니 선택권이 없었을 것이다.

"하지만 사람들 눈에는 정부에서 범죄자를 보호한 것으로밖에 안 보이거든. 사실이기도 하고."

노형진은 히죽 웃었다.

"뭐, 덕분에 병원비는 뽑았고."

"병원비? 하."

병원비만 뽑은 게 아니다.

시세 차익을 이용해서 막대한 이윤을 창출한 노형진이다.

사실 이번 사건에서 노형진이 얻은 이익은 돈이 아니다.

돈은 말 그대로 이익의 극히 일부일 뿐이었다.

"내가 봐서는 마이스터와 미다스라는 존재가 한국을 뒤흔든 건데?"

"후후후, 너도 눈치 빨라졌구나?"

"넌 얻을 게 없는 소송을 할 놈이 아니잖아."

"정답이네."

마이스터와 미다스는 지금까지 돈 많고 감이 뛰어난 투자자라는 이미지밖에 없었다.

하지만 이번 사건으로 인해 그들은 기업의 회장조차도 바꿀 수 있다는 것을 증명했다.

그리고 그럴 의사가 있다는 것도.

"아마 이제 다시는 마이스터를 건들지 못할걸."

이미 정치권이 된통 당했다.

그리고 이번에는 경제인들까지 당했다.

"단순히 내가 맞았다고 그렇게 보복한 거라고 생각하면 섭섭하지."

한번 뒤흔들 생각은 있었다.

다만 박태운 회장이 주먹질을 해서 표적이 된 것일 뿐.

"박태운 회장은 어떻게 될까?"

"아마도 실형이 나오겠지."

서상우는 그가 저지른 모든 범죄를 고발했다.

그를 죽여야 자신이 산다는 걸 알기 때문이다.

"미국에서는 징벌적 손해배상이 들어갈 테고, 그에게는 실형이 나올 거야. 인생 끝났다고 봐야지."

전 재산을 날리고 갑질 한 기록에 실형까지 나오면, 더는 누구도 그를 상대해 주지 않을 것이다.

"누군가 갑질을 한다면?"

노형진은 빙긋 웃었다.

"나는 그 천적이 되어 주지, 뭐. 후후후."

이것이 법이다

개천에서 용 난다?

　유민택은 침묵을 지킨 채 노형진을 물끄러미 바라보았다.

　하지만 마주 앉은 노형진의 시선은 그가 아니라, 오롯이 두 손에 들린 종이로 향해 있었다.

　그리고 마침내 그걸 다 읽은 노형진은 깊은 한숨을 내쉬었다.

　"이 정도입니까?"

　"그래. 어떻게 생각하나?"

　"역시 대동이라는 말밖에 안 나오는군요."

　"그래서 싸움에서 영 불리해. 정부에서도 대놓고 도와주지 않는 판국인지라."

　"흠……."

　대동과 대룡의 싸움.

그건 대룡이 너무 불리했다.

일단 체급에서도 불리한 데다가, 한국 정부도 대룡보다는 대동의 승리를 원하기 때문이다.

"이나마도 그녀가 아니었다면 몰랐을 정보일세."

지난번 슈퍼마켓의 확장 문제로 싸울 때 대동을 배신하고 살기 위해 대룡에 붙은 여자.

그녀는 자신이 아는 정보를 모조리 캐 왔다.

그중 하나가 바로 이것이었다.

"대동은 곳곳에서 장학생을 뽑고 있어. 물론 장학생을 키우는 것이 그들만은 아니지만 말이야."

사실 한국의 대기업 중에서 장학생을 키우지 않는 곳은 없다고 봐야 할 것이다.

"중요한 건, 그들이 이 싸움을 이끌어 가고 있다는 거네."

"아무래도 성화와는 좀 다르군요."

"그래, 성화는 장학제도라기보다는 거래였거든."

성화는 돈을, 다른 사람들은 이권을 주는 거래.

그래서 성화가 몰락하기 시작했을 때 그들은 칼같이 성화와의 관계를 끊어 버렸다.

"하지만 대동은 좀 달라. 장학생이라는 형태로 적극적으로 키워 둔 덕분에, 거래라기보다는 충성심이지."

"자신이 손해를 보더라도 버리지 않는다……."

"그래, 그래서 계속 우리가 부딪히고 있네. 대동이 본격적으로 들어오려고 하는데, 정작 우리의 모든 업무가 사사건건 부딪히고 있어."

"대룡에도 장학생이 있을 텐데요?"

"이 정도로 많지도 않고 또 폭넓지도 않네. 애초에 우리 기업은 장학생이라고 표현만 할 뿐 실제로 장학제도를 가진 건 아니지 않나?"

"그건 그렇지요."

일단 두각을 나타내면 그 후에 전폭적으로 밀어준다.

뇌물을 뿌려서 승진을 시키고 그의 생활비를 대 주는 식으로 말이다.

"하지만 저 애들은 진짜 장학생이야."

"하여간…… 일본 놈들 질긴 건 알아줘야 합니다."

노형진은 한숨을 쉬었다.

"일본 놈들이 일제강점기 이후에 도망가면서 그랬다지요, 50년만 지나면 다시 돌아올 거라고?"

미래를 보고 친일파를 심어 두는 그들의 집요함.

"그래. 결국 분노는 희석되니까."

한국과 중국은 일본에 고통을 받은 지 얼마 되지도 않았다.

그런데 엄청난 수의 친일파가 생겨났다.

특히 한국은 더해서, 한국인이 대놓고 일본이 우수하다고 주장하며 친일파임을 자랑스럽게 말하는 지경이다.

"사실 이 사람들만 보면 애매하기는 해."

유민택은 명단을 보면서 씁쓸하게 말했다.

"기업은 투자를 하지. 결국 이것도 투자야. 하지만 어떤 기업도, 돈이 되지 않는 투자는 하지 않아."

"그건 맞지요."

노형진도 마이스터를 통해 사람에게 투자한다.

하지만 사람에게 퍼 주는 게 아니다.

말 그대로 투자다.

그가 돈이 안 된다고 판단되면 투자는 진행되지 않는다.

"반대로 말하면, 우리는 극단적으로 부자들만 신경 쓰고 있다는 거지."

대동이 고른 자들, 그들은 부자가 아니었다.

가난한 사람들.

그럼에도 불구하고 능력이 있는 사람들.

"다른 건 몰라도 대동 녀석들, 사람 보는 눈은 있는 모양이야."

부자들 사이에서 능력이 있는 자와 가난한 사람들 사이에서 능력이 있는 자를 고르라면, 인재 풀은 후자가 훨씬 더 넓다.

"그들을 가르치고 지원한다면……."

"미래는 쉽게 그들에게 넘어갈 겁니다."

물론 부자들도, 나름 부모들이 밀어주기는 한다.

하지만 부모 혼자 밀어주는 것과 대동이라는 곳이 밀어주는 것은 아무래도 그 대우가 다르다.

"당장 승진을 위해 주는 뇌물부터 급이 다를 테니까."

"인정하시는 겁니까?"

"우리가 바보도 아니고, 애써 키운 사람이 시궁창에 처박히게 두겠나?"

장학생을 키우면 그들을 높은 자리로 올리려고 하는 게 정상이다.

당연히 그들이 성장하기 위한 노력, 좋게 말해서 뇌물도 회사가 챙긴다.

"솔직히 말해서 공공기관에서 뇌물 한 푼 없이 고속 승진하는 케이스가 얼마나 될 것 같나?"

"그건 그렇지요."

특히 높은 급수로 갈수록 더더욱 그런 성향이 보인다.

"시험을 봐서 가는 직급도 그러네. 결국 같은 직급이라도 근무처가 다르니까."

기껏 붙었는데 기상청을 들어가면 폭망인 거고 노동청에 들어가면 대박, 그리고 건설부나 자재를 담당하는 일을 하게 된다면 초대박이 되는 거다.

"그러면 이들 중 상당수는 대동의 힘으로 승진했겠군요."

"생각해 보면 당연한 거야."

대동이 한국에 진출하기로 했을 때, 갑자기 정부가 손을 들어 환영의 의사를 내비쳤다.

사실 한국 지부가 있었던 점을 생각하면 별반 달라질 것도 없는데 말이다.

결국 정부에 심어 둔 대동의 장학생들이 적지 않다는 거다.

"흠……."

"문제는, 그들이 대동을 위해 일하기 시작하면 우리가 불리하다는 거야."

당장의 싸움이 문제가 아니다.

이런 식이면 점점 대동이 정부의 주요 시책을 쓸어 담게 된다.

"다른 사람들도 있지 않습니까?"

"물론 성장한 후에 드러난 사람들에게 돈을 줄 수도 있지. 하지만 이미 그들은 우리 사람이 아니라 대동의 사람이겠지."

"하긴, 그렇겠네요."

대동은 그들이 두각을 나타내기 전에 골라서 지원하고, 한국의 기업은 정부에서 일을 좀 하고 두각을 내타내면 지원한다.

당연히 우선순위는 대동이 더 빠르다.

'원래 세뇌하려면 어려서부터 하라고 하지.'

종교 단체에서 괜히 어려서부터 믿음을 가지라고 하는 게 아니다.

어려서부터 뭔가를 접하면 세뇌당하기 쉽기 때문이다.

"우리가 접근해 봤자, 이미 일본 쪽으로 넘어간 지 오래인 사람이라는 거지."

"그런 경우가 종종 있었나 보군요."

"종종 있었지. 사실 대놓고 인정하는 놈은 착한 놈이고."

"예?"

"모른 척하는 놈도 많아."

그리고 자신들과 접촉하면서 얻게 되는 모든 정보를 상대방에게 건네준다.

쉽게 말해서 스파이가 되는 것이다.

"장학생이 되는 것도 골치 아픈데 스파이가 된다고 생각해 보게. 무슨 일이 벌어지겠나?"

"아……."

"문제는 그런 일이 적지 않다는 거야."

이중 스파이가 돼서 나오는 정보를 모조리 가져다 바치면, 기업 입장에서는 불리한 싸움을 할 수밖에 없다.

"그렇다고 우리가 멈추면, 정부에서의 우리의 영향력이 약해지니까."

"일단 그건 그런데, 이 아이들이 문제네요."

사실 정부의 내부에 들어간 사람들은 나름 조심하거나 내부에 있는 장학생을 통해 견제하면 된다.

문제는 그들이 아닌, 이제 막 학생이 된 사람들.

"이런 식으로 공격적으로 확장하고 있을 줄은 몰랐네."

유민택은 안타깝게 말했다.

"일정 이상의 능력만 보여 줄 수 있다면 그들이 승진하는 건 어려운 게 아니겠지. 그럼 그 후에는……."

"대동의 천하가 되겠네요."

"그렇지."

'그래서였나.'

회귀 이전의 삶의 기억을 가지고 있는 노형진은 대동의 무서울 정도의 성장이 이해가 가지 않았다.

대동이 단 몇 년 사이에 수십 배를 확장할 때 정부나 다른 기업들이 그들을 견제할 줄 알았는데, 제대로 견제되지 않았다.

'그때는 그냥 일본 대동 본사가 막대한 자금을 쏟아부어서 그런 건 줄 알았는데.'

하지만 그렇다고 해도 결국 시스템 자체는 인간이 만드는 것.

돈으로 해결하는 데에는 한계가 있다.

'그때 이들이 움직인 거군.'

이 명단에 있는 아이들, 이 아이들이 실무를 관리할 때다.

그러니 정부에 들어간 아이들이 대동을 전폭적으로 밀어 줬을 테고, 타 기업에 들어간 아이들은 적극적으로 산업스파이 노릇을 했을 것이다.

'그러니 브레이크가 걸릴 리가 있나.'

장학생을 통해 정부에 막대한 뇌물을 뿌리고 그와 동시에 반대 기업의 업무 정보를 빼내는 산업스파이가 있으니, 대동이 무서울 정도로 성장하는 걸 막을 사람이 있을 리가 없었다.

"한편으로는 존경스럽군."

"존경요?"

"그래, 적이기는 하지만 존경스럽기도 해. 사업을 하는 사람은 10년 후를 내다봐야 하지. 하지만 저들은 이미 30년 후를 내다보고 있지 않나."

"아, 그건 그렇지요."

"이런 말이 있다네, 장사꾼은 눈앞을, 사업가는 미래를 본다는."

당장은 돈이 되지 않는다 해도 먼 미래의 먹거리를 준비하는 것이 사업가의 기본이다.

"하지만 한국은 그런 면에서는 좀 약하지."

"그건 맞지요. 돈만 된다면 닥치는 대로 하니까요."

"적이기는 하지만 존경스러워. 그리고 한편으로는……."

한숨을 푹 쉬는 유민택.

"무섭기도 하군, 일제시대 이후로 얼마나 절치부심한 건지."

'그래, 무서운 놈들이지.'

노형진의 기억이 맞는다면 그들은 단시간 내에 성장해서 순식간에 한국 재계 2위까지 올라간다.

특별한 기술도 없이 하나하나 집어삼켜서 말이다.

신기술을 개발하는 것도, 그렇다고 많은 투자를 하는 것도 아니다.

그저 시장을 체계적으로 집어삼켰을 뿐이다.

상식적으로 일반적인 기업이 그게 가능할 리가 없다.

즉, 얼마나 많은 사람들을 정부에 심어 둔 건지 예측조차

할 수 없다는 소리다.

"그리고 한국인으로서도 걱정되고."

유민택은 그렇게 말하면서 입맛을 다셨다.

그런 상대와 싸워야 한다는 게 부담이 되는 모양이었다.

"그런 면에서 성화는 좀 편한 상대였지. 그들은 눈앞의 이익에만 관심이 있었거든."

"그래서 실수도 많이 했고요. 그러고 보니 요즘 대동이 조용하던데, 뭐 하는 거랍니까?"

자신에게 한 방 먹은 후 대동은 어쩐지 조용하다.

당장 다른 걸 할 거라 생각했는데, 의외로 반격도 없었고 새로운 사업에 진출하지도 않았다.

"언론사들을 관리하고 있네."

"언론사들을요?"

"그래. 한번 실수했지만, 거기서 배운 거지."

"으음…… 다음번에는 언론사들을 이용하는 건 쉽지 않겠군요."

"그럴 걸세."

일본과 다르게 한국의 언론이 적대적이라는 것을 알자, 언론을 다독이기 위해 모든 진출을 정지시킨 것이다.

"더군다나 본사가 일본인지라 정보를 캐내기도 쉽지 않고 말이야."

"한국 지점에서는 반응이 없고요?"

"그래."

"흠……."

노형진은 고민에 빠졌다.

원래 역사대로라면 그들이 다음에 진출하는 것은 건설이다.

정확히는 이미 건설사가 있지만 훨씬 공격적으로 아파트를 지으면서 확장한다.

'하지만 역사가 바뀌었어.'

대통령도 바뀌었고 그들이 진출했던 슈퍼마켓이 막히면서 현금의 흐름이 바뀌었으니, 당연히 자금의 흐름도 변했을 것이다.

'결정적으로 방사능 문제가 발목을 잡겠지.'

그들은 일본에서 대량의 건축자재를 싼 가격에 수입해서 건설에 투입한다.

회귀 전에는 그랬다.

하지만 성화에서 그걸 수입했다가 식수가 오염되는 최악의 사고가 발생한 후 건축자재의 방사능 검사가 철저해졌고, 그 전처럼 일본에서 헐값에 고물을 가지고 올 수가 없게 되었다.

'변수가 너무 많아.'

결국 방법은, 그들이 움직이는 것에 따라 자신도 움직이는 것뿐.

"일단 중요한 건 이 대동 장학생들이군요."

"그래, 한두 명이라고 무시할 수도 있지만, 그 한두 명이 문제라는 걸 대부분은 모르더군."

물론 그가 그저 그런 직원이 된다면 문제가 안 된다.

하지만 장관이 된다면?

대통령이 된다면?

"대동이 높은 자리에 올라가기 전에 막아야 한다는 건데……."

"이건 20년 대계야."

유민택은 심각한 표정으로 말했다.

자신이 죽더라도 이어 가야 하는 거대한 문제다.

노형진은 문득 좋은 생각이 났다.

어떻게 보면 치사한 일이지만.

'어차피 상관없나?'

저들이나 자신들이나, 전쟁 중이다.

'전쟁에 치사한 게 어디 있어?'

결심을 굳힌 노형진은 유민택에게 진지하게 물었다.

"그 애들을 빼 오는 건 어떨까요?"

"그 애들을 빼 온다니?"

"말 그대로입니다. 그 애들을 대동에서 빼 오는 거죠. 혹시 '맥날 효과'라고 아십니까?"

"맥날 효과? 처음 들어 보는군."

노형진의 말에 유민택은 고개를 갸웃했다.

하긴, 대룡쯤 되는 곳의 회장이 맥날 효과를 알 리가 없다.

"맥날이 어떤 곳인지는 아시죠?"

"알지. 세계적인 햄버거 체인 아닌가? 그런데 그 맥날이 무슨 효과가 있다는 건가? 뭐, 가격을 맥날 기준으로 매긴다거나 그런 건가?"

"아닙니다. 맥날의 신점포 확장에 의한 효과입니다."

"신점포?"

"네, 대부분의 소상공인들은 대룡처럼 컨설턴트를 끼고 접근하지는 못하니까요."

전문 기업 컨설턴트의 가격은 어마어마하게 비싸다.

물론 하면 좋지만, 대부분은 아직 그런 것에 대한 확신도 없고 결정적으로 돈이 없다.

"그런가? 하긴, 그렇겠군. 우리 대룡이야 내부에 전문 컨설턴트 팀이 있으니 거기에 맡기면 그만이지만."

그러니 그들이 맥날 효과에 대해 알 리가 없다.

물론 거기 팀원들이야 알겠지만, 굳이 회장에게까지 보고할 만한 것은 아니다.

"그런데 그 맥날 효과가 뭔가?"

"맥날은 세계적인 기업입니다. 대룡보다 더 크지요."

"그렇지."

"당연히 그들은 컨설턴트 팀이 각 국가별로 있습니다. 그들은 매장을 세울 때, 모든 걸 감안해서 컨설턴트를 하지요."

"그런데?"

"그게 맥날 효과입니다."

"응?"

이해가 안 가서 고개를 갸웃하는 유민택.

맥날이 컨설턴트를 잘해서 매장을 여는 게 무슨 효과가 있단 말인가?

"반대로 생각해 보시면 됩니다. 아무것도 없는 지역에 갑자기 맥날 지점이 생겼다면, 그건 무엇을 뜻할까요?"

"응? 아하, 그렇군! 맥날은 거대 기업이니까 정보 입수도 빠를 거라고 생각하겠군!"

남들이 모르는 정보.

그걸 가지고 그들은 어떤 지역이 흥할지 예상하고, 그 지역에 미리 체인점을 오픈한다.

"눈치 빠른 사람들은 그걸 알고 있지요. 즉, 맥날이 생겼다는 것은 그 지역이 떠오를 상권일 가능성이 높다는 증거죠."

"그게 맥날 효과군."

"네."

맥날이 생기면 그 지역의 성장 가능성이 높다고 생각해서 사람들이 몰려드는 것.

"그런데 그거랑 지금이랑 무슨 관계가 있다는 건가?"

"달라진 건 사람이죠, 자리가 아니라."

"그래서?"

"그러니 그들을 빼 오면 어떨까요?"

"빼 온다?"

"그들이 자금을 들이부어 가면서 키운다, 그건 이미 가능성이 입증된 사람이라는 거 아닐까요?"

"으음…… 그렇군. 확실히 한국의 기업은 그쪽으로는 그다지 경험이 없지."

한국 사람들은 단순히 학교에 돈을 주거나 해서 장학금을 지급하는 것을 생각한다.

즉, 그 돈을 받아 가는 사람들은 공부를 잘하는 부류인 거지 자신들을 위해 충성하는 부류가 아니다.

"하지만 대동은 아니죠."

"그래…… 그렇지."

그들은 오랜 시간 자신들에게 충성을 바칠 만한 사람들을 키워 왔고, 그런 사람들을 찾는 법도 안다.

당연히 그런 사람들을 찾아다니는 팀도 있고.

"지금까지는 독점이었습니다. 하지만 대룡이 끼어들어서 그들을 노리자는 거죠."

"노린다……."

아직은 어린애들이 대부분이다.

그리고 그들에게 대동 대신 자신들이 투자한다면 두 가지 이득이 있다.

첫째는 성인에 비해 상대적으로 돈을 아낄 수 있다는 것.

둘째는 그들의 세력을 꺾음과 동시에 자신들의 세력을 키올 수 있다는 것.

"하지만 단순히 우리가 지원해 준다고 접근한다고 해서 그들이 이쪽으로 넘어올까?"

"그럴 리가 없지요. 하지만 일본은 절대 줄 수 없는 가장 확실한 뭔가를 우리가 줄 수 있지요."

"어떤 거?"

"학연입니다."

"학연?"

어리둥절한 얼굴이 되는 유민택.

학연이 자신들이 줄 수 있는 최고의 선물이라니?

"세계적인 대학이나 학교가 왜 세계적인 곳이 되었을까요? 시설이 좋아서? 아니면 누구 한 명이 성공해서?"

아니다.

훌륭한 교육을 바탕으로 다수가 성공의 자리까지 올라가서다.

"그리고 한국에는 학연이라는 게 있지요. 물론 외국에도 없는 건 아니지만. 그걸 제공하는 겁니다. 쉽게 말해서 개천에서 용 나도록 지원해 주는 겁니다. 지금 한국에서는, 개천에서 용이 나는 것이 불가능하니까요."

노형진의 말에 유민택은 눈을 찌푸렸다.

많이 들어 본 말이다.

아니, 아주 잘 아는 이야기다.

이것이 법이다

"잠깐…… 자네가 말하는 거, 민족고등학교 이야기하는 건가?"

"아시는군요."

"다른 기업에서 하는 곳이지 않나? 그리고 이런 말 하긴 그렇지만, 그 끝이 그다지 좋지는……."

민족고등학교.

한때는 한국의 희망이라 불리며 한국의 미래 인재들이 모였던 곳.

"압니다."

대부분의 한국 사람들에게 민족고등학교에 대해 물어보면 안다고 대답할 것이다.

그 이미지도 좋으니까.

"사업으로 시작한 게 아니니 수익률은 따지지 않겠네. 하지만 정작 교육적으로도 성공한 건 아니지 않나? 아니, 그럴 수밖에 없었지. 자사고니까."

유민택은 쓸쓸하게 말했다.

"아시나 봅니다?"

"모르겠나? 그 당시에도 다들 그런 학교를 만드는 게 미친 짓이라고 생각했으니까. 생각은 좋았네. 그런데 생각만 좋았지."

민족고등학교는 최초의 목적에서 실패했다.

물론 그 기치나 목적이 사라진 것은 아니다.

문제는 돈.

"학기별로 2천만 원이라던가?"

원래 민족고를 만든 사람은, 돈은 없지만 능력이 있는 학생이 그 능력을 키우고 조국과 민족을 위해 일해 주기를 바라는 마음에서 이를 추진했다.

그러나 문제는 돈.

"기업이 흔들리면서, 결국 다른 기업으로 넘어갔지."

그리고 민족고는 그 비용을 학생들에게 떠넘겼다.

"현재에 와서는 돈 걱정 없이 공부하고 개천에서 용 난다는 개념은 사라졌지. 애초에 학비만 1년에 4천인데 누가 거기를 가겠나?"

매해 4천이라는 학비를 감당할 수 있는 사람.

즉, 다른 자사고와 마찬가지로 현대에 와서는 부자들의 학교가 되어 버린 지 오래다.

"그리고 대동은 그 점을 노리고 있지요."

"끄응⋯⋯."

부자들 사이에서 뛰어난 사람이 백 명 중 한 명이고 일반인들 사이에서 1만 명 중 한 명, 아니 10만 명 중 한 명이라고 해도, 수적으로 부자들보다 뛰어난 사람들이 더 많아져 버린다.

"이런 말 하긴 그렇지만, 이미 그 부작용은 드러나지 않았습니까?"

"뭐가 말인가?"

"로스쿨이지요."

"하, 틀린 말은 아니군."

로스쿨.

오로지 실력으로만 승부를 보던 사법시험과 다르게, 일정 이상의 점수가 되면 변호사 자격을 얻을 수 있는 제도.

"현실적으로는 모두에게 공평한 기회를 준다는 건데, 그건 개소리죠."

일단 변호사들이 포화 상태라는 게 문제다.

하지만 한국에 변호사가 많아서 포화 상태에 이른 게 아니다.

수임료가 너무 비싸서, 일반인이 접근하지 못해서 그렇게 된 것이다.

"그런데 사건을 맡기는 사람의 입장에서는 실력 좋은 변호사를 원하지요."

"그게 무슨 뜻인지 알지."

로스쿨은 공정한 기회를 목적으로 만들어졌지만, 실질적으로 막대한 학비를 댈 수 있는 부자들의 놀이터가 되어 버렸다.

애초에 가난한 사람은 로스쿨을 나와도 대형 로펌에 가지 못해서 다시 가난에 허덕이는 최악의 상황이 되어 버렸다.

"개천에서 용 난다, 그 꿈을 다시 쥐여 주는 겁니다."

"개천에서 용 난다……."

유민택은 문득 어린 시절이 생각났다.

그는 홀로 장성한 타입이었다.

물론 그가 대룡을 키우는 데 가문의 힘이 컸다는 건 인정한다. 하지만 대룡을 그들에게 인정받을 정도로 키운 건 다름 아닌 그였다.

'그래, 사업을 하는 사람이 한두 명도 아니었고.'

그중 유일하게 대룡이 가치를 인정받을 만큼 성장했고, 그러자 가문에서 돈을 밀어줘서 지금의 대룡이 되었다.

"지금도 그게 가능한가?"

"거의 불가능하죠. 계층 간의 사다리는 사라진 지 오래입니다."

똑같이 공부해도 부족할 판국에, 가난한 사람은 아르바이트를 병행해야 하고 또 어떤 사람은 가족들의 삶까지 책임져야 한다.

"그리고 그들이 누군가의 도움으로 일어났을 때, 기존의 세력을 어떻게 생각할까요?"

"싫어하겠지."

"대동이 노리는 게 그것일 겁니다."

기득권 세력이 싫을 테니, 그들은 자신들을 도와준 사람들과 함께 하나의 세력이 될 것이다.

"애초에 대동이 부자들과 친하기는 하지만 부자 측의 사람들을 데려와서 위에 채워 넣을 놈들은 아니죠."

"문제가 될 테니까."

능력이 없어서가 아니다.

도리어 부자들은 능력이 있으니까 안 받는 거다.

성장하면 자신들의 자리를 노릴 테니까.

"하지만 일반인들이 그들의 도움을 받아서 성장해도, 최소한 집안에 힘이 없습니다. 따라서 자신들의 자리를 노리지는 못하지요."

"무섭군."

노형진의 말을 들으면서 유민택은 새삼스럽게 대동이 더욱 무서워졌다. 그렇게 치밀하게 준비할 줄이야.

"그러니 대룡은 역으로 생각하는 겁니다. 수적으로 훨씬 많은 일반인들 중 천재들, 그들을 끌어들이는 거죠."

"으음……."

유민택은 고민이 많았다.

사실 틀린 말은 아니다. 실제로도 몇몇 기업들은 학교 단계에서 선발에 가산점을 주곤 한다.

"천재라……."

"아실 겁니다. 세상은 소수의 천재들이 다수의 사람들을 먹여 살립니다. 그건 현실이지요."

"그건 그렇지."

잭스가 없었다면 스마트폰은 없었을 것이다.

그가 만든 스마트폰으로 세상이 바뀌었고, 세상이 발전했다.

"소수의 천재라……."

"문제는 소수의 천재를 키우는 시스템이 한국에 없다는 겁니다."

한국에는 월반이라는 것이 없다.

그래서 아무리 천재성을 드러내도 수업을 다 들어야 한다.

"문제는 그게 의미가 없다는 거죠."

물론 인성 같은 걸 생각하면 듣는 게 맞다. 하지만 한국의 학
교는 경쟁을 가르치는 곳이지 인성을 가르치는 곳이 아니다.

"그러니 원하는 대로 수업을 들을 수 있는 시스템을 만들
어 주는 겁니다."

"원하는 대로 수업을 듣는 시스템? 대학처럼?"

"네."

이공학의 천재인 아이가 굳이 피아노를 배워야 할 이유가
있을까?

"하지만 여전히 돈이 문제야. 자네도 알지 않나, 민족고가
실패한 이유가 뭔지?"

"그건 바보 같은 짓을 해서 그런 겁니다."

"엉?"

"학생이 천재면 뭐 합니까, 운영자가 바보인데."

"운영자가 바보였다고?"

노형진의 말에 유민택은 왠지 묘한 표정을 지었다.

지금이야 물러났다고 하지만, 그는 사업을 통해 일가를 이
룬 사람이다. 그런데 바보라니.

"바보 맞습니다."

"어떤 면에서?"

"최고만 생각했지요."

"그게 나쁜가?"

"나쁩니다. 최악이지요."

"최악?"

"천재는 뭐 하나를 잘하는 사람이지, 모든 걸 잘하는 사람이 아닙니다."

이공학의 천재인 사람이 국문학 쪽은 젬병일 수 있고, 미술을 잘하는 사람이 음악 쪽은 젬병일 수도 있다.

천재성은 사람마다 다르게 나타나기 때문이다.

"하지만 민족고는 모든 걸 다 해 주려고 했지요."

"그건 그렇지."

"그게 문제인 겁니다."

양궁이 정신 수양에 좋다고 양궁장을 만들고, 다도가 좋다고 하니 다도 교실을 만든다.

"그런데 그게 맞는 사람이 있는 반면 아닌 사람도 있거든요."

정적인 사람은 다도가 좋겠지만, 동적인 사람은 영 맞지 않을 수도 있다.

"하지만 민족고의 경영자는 그걸 무시했죠. 천재니까 뭐든 잘해야 한다고 생각한 거죠. 한국 전반의 문제입니다. 천재는 뭐든 다 잘해야 한다. 하지만 그건 천재가 아닙니다. 잭스가 왜 같은 옷을 수십 벌씩 사서 입었는지 아십니까?"

"글쎄."

검은 티에 청바지.

세계를 주무르는 기업의 경영자라기에는 왠지 안 어울리는 복장.

"신경 쓰기 싫으니까요."

출근할 때 옷 고르기 싫어서 그런 것이다.

"그걸 선택의 피로라고 합니다. 그는 그걸 무시한 거죠."

뭐 하나 잘하는 걸 골라서 파고들어야 하는데, 한국 최고의 명문에 왔으니 뭐든 잘해야 한다는 식으로 교육을 했다.

그 때문에 커리큘럼은 한없이 늘어나고, 그게 마음에 안 맞는 사람은 구 수업을 따라가기 위해 다른 수업 시간을 빼야 하고, 그러다 보니 정작 자신이 원하는 것은 못 하는데 돈은 많이 들고.

"그랬나?"

"네, 제가 봐서는 그랬습니다. 대표적인 게 영어화 교육이지요."

"나도 알고 있네. 그, 모든 수업을 영어로 하는 거?"

"네. 거기서 문제가 뭔지 아십니까?"

"알 것 같군."

영어로 수업을 하니 영어 공부를 해야 한다.

학생은 이과 계열을 잘하는 천재인데 영어 공부를 하느라고 이과 수업은 못 따라간다. 부족한 부분부터 메꿔야 하니까.

애초에 영어를 못하면 이과 수업 자체가 불가능해지는 셈이다.

"결국 최초의 목적은 나라를 이끌어 갈 천재를 지원해 주는 것이었지만, 현실은 국영수를 잘하는 상위 대학 하이패스가 된 겁니다."

"그렇지."

유민택도 인정할 수밖에 없었다.

민족고등학교를 나온 아이들은 유명 대학을 간다.

하지만 거기서 끝이다.

"우리는 다르게 하는 겁니다."

수학을 하고 싶다면 수학을, 과학을 하고 싶다면 과학을.

"집단 지성 시스템을 만드는 거죠."

"집단 지성이라……."

"네."

과학과 수학은 밀접한 관계에 있다. 하지만 어지간한 사람은 그 모든 것을 한꺼번에 할 수가 없다.

"고등학교 때부터 천재들을 묶어서 집단 지성을 만드는 겁니다."

유민택은 갑자기 소름이 쫙 돋았다.

"하긴, 수학 천재가 영어를 잘할 필요는 없지."

그건 통역에게 맡겨도 그만이다.

아니, 그가 진짜 세계적인 수학자라면 외국에서 통역을 붙여서라도 모시고 가려고 할 것이다.

"마찬가지입니다."

물론 영어를 아예 못하는 것도 문제이기는 하겠지만, 그렇다고 영어를 하느라고 다른 걸 못 하게 되는 것이 정상적인 건 아니다.

"그러면 그런 걸 줄이자는 거군."

"네."

그런 걸 줄이고, 자신이 원하는 것을 듣고, 커리큘럼을 그 개개인을 위해 구성한다면······.

"천재가 자신의 재능을 발휘하기에는 충분하겠군."

"네."

활쏘기니 다도 같은 것은 과감하게 빼 버린다.

최고의 지원이라는 개념은 맞지만 사치나 다름없다.

"그들은 일반 서민의 아이들입니다. 최고의 지원이 아닌, 효율적 지원이 목표이지요."

"효율적인 지원이라······."

생각해 보지 못한 부분이다.

"한국의 문제죠. 천재는 뭐든 잘해야 한다는 강박관념."

하지만 그건 도리어 천재들을 죽이는 짓이다.

'실제로도 그런 경우가 많았지.'

천재라고 뉴스에도 나왔던 사람이 나중에는 공무원이나 하고 있다. 잘하는 건 공학이었는데 영어도 잘해야 하고 국어도 잘해야 하다 보니 결국 공부에 질려 버려서 아예 하지 않게 되었다고, 그가 인터뷰에서 말했다.

"하지만 문제가 있는데. 갑자기 그런 공간을 어디서 구한 단 말인가?"

"이미 있지 않습니까?"

"있다고?"

"네."

"어디에?"

"망한 학교 몇 개 사 놓으셨을 텐데요?"

유민택은 멍해졌다.

맞는 말이다. 이미 망해 버린 학교를, 유민택은 노형진의 조언에 따라 사 났다. 도심지에 있는 것은 나름대로 쓸모가 있고…….

"확실히……."

지방에 있는 학교는 아직 비어 있는 곳이 많다.

"그곳은 애초에 학교였으니까."

리모델링을 하고 오픈하는 건 어렵지 않다.

"올해 안에 학생을 모집하면 내년에는 신입생을 받을 수 있을 겁니다."

"가능하겠군, 어차피 그 주변의 땅값이 비싼 건 아닐 테니."

설사 논밭이 펼쳐져 있다고 해도, 대룡의 힘이면 그걸 대지로 쉽게 바꿀 수 있다.

그러니 충분히 학교를 오픈할 수 있다.

"그러면 선생님은?"

선생님이 문제다.

아무나 뽑는다?

그건 안 된다. 천재를 가르칠 수 있는 사람은 천재뿐이다.

아무나 뽑을 수 있다면 이런 식으로 고심하지도 않을 것이다.

"이미 선발되어 있지요."

"어디에?"

"잊으셨나 본데, 마이스터에서는 사람에게 투자하지요."

"아하!"

당연히 그들을 가르치기 위한 사람들을 선별해 놨다. 그들 중 일부는 적당한 대가만 준다면 천재들을 가르치는 데 참가할 것이다.

"생각보다 모든 문제가 쉽게 해결되는군."

"하나만 빼고 말이지요."

"그래, 하나만 빼고 말이지."

다른 건 다 준비되어 있다.

하지만 단 하나, 필수적인 존재.

바로 학생이 없었다.

돈이면 다 되는 줄 아나

"그래서 애들을 죽인다고?"

"애들을 죽이는 건 아니지."

노형진은 어깨를 으쓱했다.

유민택과 계획을 세운 것은 좋았다.

하지만 학생을 채우는 것이 문제였다.

"우리는 기회를 줄 뿐이야."

"하지만 거부하면 사회적으로 매장되는 거잖아?"

손채림은 떨떠름한 표정이 되었다.

노형진은 고개를 흔들었다.

"사회적으로 매장되는 것도 아니야. 물론 그가 하는 행동
이 견제될 거야. 하지만 그건 자신이 선택한 거야."

"어린애들인데?"

"그래서 더 문제가 되는 거지. 생각해 봐. 이쪽 조건이 훨씬 좋고 합리적이야. 심적으로도 부담이 없지. 그런데도 불구하고 저쪽으로 붙는다는 건, 무슨 뜻이겠어?"

"세뇌가 끝났다는 뜻이구나."

"그래. 전에도 말했다시피, 어린애가 찌른 칼이라고 사람을 못 죽이는 건 아니야."

노형진이 가진 계획은 간단했다.

1타 2피.

저들이 데리고 있는 아이들을 빼앗아 오는 것.

"물론 오지 않을 수도 있어. 그건 그들의 선택이야. 하지만 그들이 만일 반한 감정을 품고 일본에 충성하면서 한국에 피해를 주려고 한다면?"

"……."

"그런 사례가 없을 것 같아?"

"……."

그런 사례들은 넘치다 못해 너무 많아 정리조차 못 할 정도다.

저들이 어린아이들을 세뇌하려고 하는 이유가 뭔가?

한국의 미래인 아이들을 자신들이 지배해서, 한국을 집어삼키기 위함 아닌가?

"일제강점기에도 대부분의 친일파가 그렇게 만들어졌지."

일본에서 공부하고 와서 일본은 위대하다고, 일본은 뛰어난 나라라고 생각하고 추앙하며 따른다.

"하지만 우리나라에서 그들을 일본에 보낸 이유는, 그들이 한국을 일본처럼 발전시키기를 바라서였어."

하지만 그들은 그들의 조상과 국가의 희망과 달리, 일본과 손잡고 조국을 그들의 아가리에 들이밀어 주고 백성들을 총칼로 살해하는 데 조금도 주저하지 않았다.

"지금도 마찬가지야. 기회를 주지 않는 것도 아니고, 그들이 어떤 목적인지 알려 주고 더 좋은 조건을 제시하는데도 불구하고 거절한다면……."

"커 봐야 위험 인자라는 거구나."

"그래."

물론 누군가 들으면 발끈할지도 모르는 일이다.

하지만 그게 뭐 어떻단 말인가?

"어리다는 건 마법의 주문이 아니야. 더군다나 기회는 줄 거고."

"알았어. 일본에다가 한국 인재를 넘길 수는 없지."

손채림은 눈을 살짝 찡그렸다.

하지만 반대는 하지 않았다.

노형진의 말이 맞기 때문이다.

"역사에서 배우지 않는다면 그게 바보인 거지."

"그래, 정답이야."

인재를 빼앗기고 그들이 친일파가 되면, 언젠가 대한민국은 일본에 질질 끌려다닐 수밖에 없게 된다.

"우리가 역습하기 전에 일단 본진부터 확실하게 해야 하지 않겠어?"

"그건 그렇지."

"그러니 이런 걸 만드는 거야."

노형진의 계획은 간단하다.

인터넷 방송.

대룡이 가지고 있는 가장 강력한 무기다.

"인터넷 방송은 다른 곳이 가지고 있지 않은 무기지. 그러니까 인터넷 방송을 이용해서 그들을 사회적으로 조명하는 거야."

"하지만 조명한다고 해도 좋은 꼴은 못 볼 텐데?"

"당연하지."

제목부터가 소위 어그로를 끄는 판이다.

'21세기 친일파'라니.

"이건 정확하게는 영화야."

이런 주제를 드라마나 고정 프로그램으로 만든다면 문제가 될 것이다.

하지만 누군가 영화를 만들고 단순히 상영해 주는 거라면, 문제가 되지 않는다.

"한국은 다른 나라와 좀 다른 게, 이런 유의 영화가 의외로 인기 있다는 거지."

다른 나라에서 이해하지 못하는 것 중 하나가, 어째서 정치성이 다분한 영화가 인기가 있느냐는 것이다.

"이것도 마찬가지야."

영화감독은 21세기 일본의 문화 침략에 대해 조사할 것이다.

물론 그 뒤에서 대룡이 막대한 돈을 지원할 테니 제작에는 얼마 걸리지 않을 것이다.

"그걸 가지고 대대적으로 공략하기 시작하면 어떻게 될까?"

"대동은 좋은 꼴 못 보겠지."

"그래."

그러면 친일파 소리가 듣기 싫은 사람들은 다른 대안을 찾을 것이다.

"대안은 우리가 준비하면 되는 거야, 후후후."

그리고 그건 조용히 대동의 힘을 빼기 시작할 것이다.

⚖️

강천호 감독은 영화감독이다.

그것도 사회문제를 주제로 영화를 찍어서 공개하는 영화감독.

그런 그는 지금처럼 영화를 찍는 게 처음이었다.

"와, 돈 썩어 나게 넘치네."

"그 정도입니까?"

"부자들은 이런 영화를 좋아하지 않으니까요."

당연히 이런 사회 고발형 영화를 찍을 때마다 배가 고파서 죽을 맛이었다.

"돈이 이 정도나 지원된 건 처음입니다."

"하지만 주제가 나쁜 건 아니지 않습니까?"

"나쁘긴요. 이런 게 있는 줄은 꿈에도 몰랐습니다."

일본이 한국 정치를 지배하기 위해 알게 모르게 정치인들에게 뇌물을 주는 건, 그래도 나름 알려진 사실이었다.

몇몇 정치인들은 일왕의 생일잔치나 자위대 창립 행사를 대놓고 다니는 것이 현실이니까.

"하지만 성공할 가능성이 큰 사람들을 지원한다는 건, 허."

"성공할 가능성이 큰 사람들을 지원하는 게 아니라, 성공하게 만들려는 거겠지요."

당장 적당한 사람을 밀어줘서 검사로 만들고 뇌물로 자리 좀 높여 주고 그 후에 적당한 지역구에 꽂아 주는 식으로 하면, 미래에는 얼마나 많은 정치인들이 일본의 손에 놀아날지 모를 일이다.

"그런데 이해가 안 가는데, 왜 부자는 안 해 주는 거야?"

"부자들?"

"응."

"일단 고마운 줄 모르니까."

부자들은 자기가 해도 그만이다.

그러니 일본에 대한 고마움이 덜하다.

"그리고 결국 일본이 침략한다는 것은, 반대로 말하면 기득권층이 권력을 잃어버린다는 뜻이야. 일제강점기에 양반의 힘이 약해졌듯이 말이야. 당장 생각해 봐. 대동이 대룡과 사이가 안 좋아서 다른 기업들이 대동을 도와준다고 하지만, 대동의 재계 순위가 1위 올라간다는 것은 단순히 다른 누군가의 1순위가 떨어진다는 뜻이 아니야."

누군가는 그만큼 시가총액이 줄어들고 회사가 약해진다는 뜻이다.

"기업만큼은 무한 경쟁이지."

"음……."

"그러니 부자들을 비롯한 기득권층에게는 일본에서 온 세력이 반갑기만 한 건 아니야."

필요에 따라서는 손을 잡을 수는 있겠지만 궁극적으로 권력을 잡는 것은 둘 중 하나이기 때문에, 결국 함께할 수 없는 사이다.

"그런 면에서 대동은 똑똑한 거지."

힘이 약한 사람을 키움으로써, 기득권을 위협함과 동시에 반대로 자신들에게 위협이 되는 건 차단한다.

"끄응……."

손채림은 대동의 행동에 혀를 내둘렀다.

"그러면 이제 촬영을 어떻게 할까요? 일단은 일본의 21세기 침략을 이야기할까요?"

"가장 좋은 것은 소문난 친일파를 추적하는 겁니다."

"네? 소문난 친일파요?"

"아실 겁니다. 한국에 살면서 대놓고 일본을 빨아 주는 놈들이 있지요."

"알죠."

몇몇은 유명한 사람들이다.

심지어 대학교수라는 작자가 일본군 성 노예 사건은 존재하지 않으며 관련 자료들은 조작된 거라고 주장하기도 했다.

"그런 사람들이 돈을 받았다고 주장할까요?"

"아니요. 받지 않았다고 주장하겠지요. 하지만 다른 걸 생각해 보세요."

"네?"

"학교에서 어떤 교수가 그딴 소리 하면 안 자르겠습니까?"

"아…….."

그런 말을 하면 당연히 학교의 명예가 실추된다.

그러면 대부분의 학교에서는 그런 교수를 자른다.

데리고 있어 봐야 학교의 명예만 실추되니까.

"하지만 그런 자들이 학교에서 잘리는 거 보셨어요?"

"그러네."

아차 싶었던 강천호 감독.

"처음부터 일본에서 돈을 줘서 공부시켜 준다고 하면 사람들이 이상하게 보지는 않을 겁니다. 사실 장학금을 주고 밀어주는 건 나쁜 일이 아니니까요."

하지만 목적이 한국의 침략이라면 이야기는 달라진다.

"그리고 그 목적을 사람들에게 확실하게 각인시키는 것이 이 영화의 기본 조건이지요."

"역시 변호사님은 다르네요."

친일파 교수가 일본으로부터 돈을 받아서 교수들에게 뇌물을 주고 자리를 지키면서 수많은 친일파를 키워 낸다.

이 얼마나 확실한 침탈 계획인가?

"결국 괴벨스가 했던 말이 맞아요. 선동을 하고 나면 그 후에는 그걸 변명하는 데 오랜 시간이 걸리지요. 설사 변명한다고 해도, 그걸 믿는 사람도 그다지 없고."

"그건 그렇지요."

"그리고 우리가 하는 게 선동도 아니고요."

고개를 끄덕거리는 두 사람.

"그러면 적당한 사람이 누가 있을까요?"

"아까 말했잖습니까, 말도 안 되는 개소리 하는 교수가 하나 있다고."

⚖

미화원 교수는 모 대학의 사회학 교수였다.

하지만 그녀는 사회운동에 대한 논문이나 사회적 능력보다 더 유명한 게 있었으니, 다름 아닌 그녀가 하는 헛소리다.

"한민족은 유전적으로 일본인보다 열등하니까 그 유전적 불량성을 개량해야 한다는데?"

손채림은 어이가 없다는 듯 말했다.

"이거 뭐 일본의 민족 개조론이야 뭐야?"

민족 개조론은 과거 일본에서 선진국 남성의 씨앗을 받아들여서 우등한 아이를 낳아야 한다고 했던, 말 그대로 희대의 개소리였다.

"관심 종자인가?"

"관심 종자가 대학에서 교수를 할 수는 없지."

하물며 그녀의 전공은 사회학.

사회학이라는 게 뭔가?

결국 사회라는 조직이 잘 돌아가게 문제를 해결하고 모두 같이 잘 살자는 개념의 학문이 바로 사회학이다.

사회학을 연구하는 학자가 사회적으로 용납되지 않는 소리를 한 것이다.

"저런 소리, 마음대로 해도 되는 거야?"

"그쪽 입장에서는 맞는 말이라고 생각할걸."

"뭐?"

"그 사람의 연혁을 봐. 고등학교 이후에 계속 일본에서 활동하고 배운 사람이야. 우리가 생각하는 전형적인 세뇌 과정을 거친 사람이지. 그 사람이 한국에 와서 무슨 생각을 하겠어? 수십 년 동안 세뇌되었을 텐데."

"끄응, 그런데 용케 안 잘리네. 나 같으면 이런 소리 하면 바로 잘라 버릴 텐데."

"안 잘리게 하는 거겠지."

노형진은 창문 안쪽을 바라보면서 말했다.

지금 그녀는 다른 교수를 만나고 있다.

그리고 그곳에 설치한 마이크를 통해 그들의 대화가 흘러나오고 있었다.

듣고 있을수록 기분이 나쁜 대화였지만, 노형진은 그저 조용히 들을 뿐이었다.

미리 예약한 커피숍에서 조용히 만나는 것이었지만, 그들은 그 약속이 바깥으로 새어 나갔다는 걸 모르고 있었다.

─이건 소정의 감사 인사입니다.

─뭐 이런 걸 다⋯⋯.

─아닙니다. 당연히 받으셔야지요. 더 많은 지식을 나누기 위해서는 금기를 깨야 합니다. 금기를 깨는 데 도움을 주시는데, 감사의 인사는 해야지요.

─감사합니다, 하하하. 그런데 미 교수, 이번 말은 좀 위험하지 않겠어요?

─어차피 조센징들이 뭐라고 하든 진실은 바뀌지 □습니다.

─하지만 학생들 불만이 심한데요.

─어차피 학생들이야 내가 주는 학점에 벌벌 떠는 놈들입니다. 그런 만큼 그들이 뭐라고 하든 신경 쓰지 않아도 됩니다.

당당하기 짝이 없는 그들의 대화에 노형진은 혀를 끌끌 찼다.

'이건 뭐, 교수들도 한번 손봐야 하나?'

교수란 자신의 학식을 전해 주는, 존경받을 만한 사람들이어야 한다.

하지만 지금의 교수들은 논문 조작에 연구 조작은 물론이고 성추행, 강간에 살인까지 뭐든 다 하는 놈들이다.

'똑똑하다는 게 바르다는 뜻은 아닌데 말이지.'

노형진은 머리를 절레절레 흔들었다.

"이거 미친년 아니야?"

"아까도 말했잖아. 미친년이 아니야. 그렇게 배웠을 뿐. 대동이 왜 아이들을 노리는지 알겠지? 그 증거가 미화원이야. 어려서부터 세뇌되었으니 자신이 어떤 잘못을 하는지도 모르잖아. 물론 저건 좀 심하지만, 궁극적으로는 일본과 대동의 목적은 저런 마인드를 가진 사람으로 한국 정부를 채워넣는 거지. 21세기 방식의 침략이야."

"그런가?"

"그래. 그녀는 어려서부터 일본에서 공부한 사람이잖아."

철저하게 식민 사관으로 배운 그녀에게 있어서 조국은 일본이고, 한국은 그저 식민지에 지나지 않았다.

"이거 그대로 영화에 넣으면 볼만하겠는데요?"

"영화가 아니라 광고에 넣어야지요."

"광고?"

"사람들이 빡쳐야 영화 많이 보러 오지요."

"그건 그러네요. 그런데 그녀가 뇌물을 주는 게 찍히기는 했는데, 우리 목적하고는 좀 다르지 싶은데요?"

자신들의 목적은 그녀를 쫓아내는 것이 아니다.

그녀 뒤에서 암약하는 일본과 대동의 세력을 찾아내는 것이다.

"걱정하지 마세요. 이번에 좀 격하게 흔들어 줄 테니까."

"격하게 흔들어요?"

"네."

노형진은 씩 웃었다.

⚖

-대일본제국번영회에서는 미화원 교수님의 업적을 높이 기려 전폭적인 지지를 선언합니다. 그와 동시에 한국의 민족 개조론에 동참하기 위해 한국에 씨를 뿌릴 동지들을 모집합니다. 미화원 교수님과 협의하여, 씨앗을 받아 줄 여성들을 준비하도록 하겠습니다.

일본의 어느 극우 세력의 말도 안 되는 개소리.

말 그대로 개소리다.

미화원의 말도 '저 미친년!'이라는 말이 절로 나오는 개소리였지만, 일본 극우 세력의 말도 개소리가 맞았다.

하지만 개소리를 비웃으며 피식 터트린 웃음은, 그들이 미화원의 계좌에 꽂아 넣은 1억 엔이 인증되는 순간 사라지고 말았다.

"저 미친 새끼들은 뭐야?"

"미친 새끼들이라니. 미친 분들이겠지?"

손채림은 분노로 바들바들 떨었다.

이는 단순히 개소리가 아니라, 한국 여성에 대한 도발이나 마찬가지다.

"미친 분들? 그런 소리가 나와?"

"응, 나와."

"뭐?"

"돈에 미친 분들이거든."

"뭐, 돈에 미친 분들……. 잠깐만? 설마…… 저거 조작?"

"조작이라니 무슨 말씀을."

노형진이 피식 웃었다.

"실제로 하는 거야, 저거."

"뭐?"

"실제로 저놈들이 극우 놈들이라고. 다만 돈은 내가 낸 거고."

"뭐라고?"

손채림은 이해가 가지 않았다.

어째서 저런 제정신이 아닌 놈들에게 돈을 준단 말인가?

"혐오의 각성이지."

"혐오의 각성?"

"그래. 전에 말한 적이 있지? 한민족이라고 주장하는 나라가 왜 다른 나라의 이성에 대해 적대적인가."

"아, 그렇지. 그런 적 있어. 그건 자신들의 어머니가 될 여성에 대한 공격을 우려하는 유전자 때문에 그렇다고."

"맞아. 딱 지금이지."

손채림은 당황했다.

그러고 보니 딱 지금이다.

"지금 상황에서 미화원의 말은 개소리였어. 인터넷의 말마따나, 저 미친년 또 저런다 수준이었지. 하지만 협약을 주장한 자들이 나타나고 그들이 실행금까지 제공했어. 그러면 사람들은 어떻게 볼까?"

"현실이 되는구나."

"그래."

저들의 개소리.

그건 말 그대로 개소리였지만, 노형진은 1억 엔이라는 돈을 꽂아 넣음으로써 그걸 현실로 만들었다.

"미친 소리가 현실이 되는 순간, 당연히 그 반작용이 튀어나오기 마련이지. 장기적으로는 영화가 나왔을 때 광고가 될 테고 단기적으로는…….”

“그 미친년이 어떻게든 해결하려고 지랄 발광하겠네.”

“그래.”

그리고 그녀가 그 지랄 발광을 할 수 있는 대상은 일본이다.

자신들은 이미 그녀에게 사람을 붙여 놨고.

“이미 일본과 한국에서는 지원 사이트를 만들어서 지원자
들을 모으고 있어. 최소한 일본에서는 현실이 된 거지.”

“잠깐, 일본과 한국?”

“응.”

“한국이라니 어째서…….”

“어째서라니? 아까 말했잖아. 현실이 되어야 사람들이 제
대로 빡치지.”

“허.”

“물론 그걸 지원하는 사람들은 없겠지만.”

⚖

─저거 미친 거 아닙니까?

─아니, 이걸 무슨 대학교수라고……?

─아나, 진짜! 나 거기 다니는데 졸지에 주변에서 우리 학교 학생
들을 생각 없는 병신 취급하고 있다. 나는 저 사람 수업도 안 듣는데!

노형진의 예상대로였다.

그냥 혼자서 개소리할 때는 사람들은 신경도 쓰지 않았다.

하지만 현실이 되고 실제로 그런 일을 진행하는 놈들이 생기자, 사람들은 분노를 금치 못했다.

당연히 노형진은 일본의 정보를 퍼다 나르면서 열심히 사람들을 화나게 만들었다.

−그거 들었음? 일본 지원자들 10만이 넘었다던데?

−와, 발정 난 새끼들.

−한국 지원자 있나?

−있겠냐?

물론 그 과정에서 대일본제국번영회 측은 미화원에게 보낸 메일이나 통화 기록 등을 공개하면서 마치 이야기가 진짜인 것처럼 꾸몄다.

물론 미화원은 미쳐 날뛰었다.

"제가 아니라니까요! 전 몰라요!"

"돈 받은 건 뭐야! 지금 학교 꼴이 어떤지 알아!"

"제가 달라고 한 게 아니에요! 그쪽에서 마음대로 넣은 거라고요!"

"장난해! 1억 엔이야, 1억 엔! 10억이라고! 그런데 아무것도 모른다는 소리를 믿으라고?"

"아, 진짜예요!"

"시끄러워! 이거 징계 절차 들어갈 거니까······."

"학장님!"

"닥쳐! 학장이라고 부르지도 마!"

학장은 눈깔이 돌아갔다.

그럴 수밖에 없는 게, 졸지에 학교가 무슨 창녀나 키우는 학교가 되어 버렸고, 학생들은 치를 떨면서 자퇴서를 던지고 있었기 때문이다.

"젠장! 이럴 줄 알았으면 진작 자르는 건데!"

그동안 개소리는 해도 돈을 주기에 조용히 있었다.

하지만 이건 돈으로 해결될 수 있는 수준의 문제가 아니었다.

"추락한 학교 명예는 어쩔 거냐고!"

결국 끌려 나온 미화원은 다급하게 어디론가 전화를 걸었다.

"이봐요! 지금 뭐 하자는 짓거리예요! 이런 이야기는 없었 잖아요!"

다급하게 걸어가면서 통화를 하는 미화원.

노형진은 좀 떨어진 곳에서 느긋하게 그 장면을 보고 있었다.

그의 귀에 있는 이어세트에서는 그녀의 목소리가 흘러나 오고 있었다.

아마 자신의 뒤에서 착 붙어서 자신의 대화를 모조리 감청 하는 사람이 있다고는, 그녀도 생각하지 못했으리라.

"전혀 모르네."

"주변을 감시할 정신이 있겠어? 전혀 예상하지 못한 상황인데."

"그런데 어디다 전화하고 있는거지?"

"이 상황에서 따질 만한 곳은 한 곳뿐이지."

다름 아닌 일본.

일본의 극우 세력이 그녀를 밀어주는 것은 확실하다.

그리고 일본의 극우 세력이 이번 일을 저질렀다.

그러니 항의할 수밖에.

"일단 만나자고요! 지금 상황에서……. 하아, 알았어요. 그나저나 그 사이트 운영자가 어떤 놈인지, 잡았어요?"

노형진은 속으로 키득거렸다.

한국인 지원 사이트.

단 한 명도 가입하지 않는 그 사이트.

하지만 자신의 주장을 전면에 박아 둔 사이트의 주인을 잡고 싶어서 그녀는 눈깔이 뒤집어진 상태였다.

'백날 추적해 봐라.'

그건 해외에서 만든 사이트다.

쿠바에 적을 두고 있고, 개설자도 일본인으로 되어 있다.

흔적은 절대 없다.

"이따가 거기서 봐요."

그녀는 이를 박박 갈면서 전화를 끊었다.

노형진은 그 말을 듣고 미소를 지었다.

"접니다. 약속 잡았습니다."

⚖️

"어떻게 된 거예요?"

"그게…… 그놈은 극우이기는 하지만 미친놈이라서, 저희도 상종하지 않는 놈입니다."

애초에 갑자기 튀어나온 놈이라면 조작이라고 의심이라도 해 보겠는데, 그놈은 처음부터 극우였다.

"저희 쪽에서도 쫓겨난 놈이라 통제가 되지 않습니다."

"아니, 그래도 이건 아니잖아요! 애초에 제게 부탁한 건, 한국 내에서 발언을 계속하면서 입지를 키우라는 거였잖아요?"

교수쯤 되는 사람이 이런 주장을 하면 일단 기록에 남고, 나중에 누군가 근거로 쓸 수 있다.

실제로 일본은 그런 작업을 많이 한다.

한국의 저명인사가 성 노예 문제를 부정하면 나중에 '봐라, 한국의 다수도 그걸 부정한다.'라는 식의 증거자료로 써먹는다.

이번 일도 그러한 계획의 일부였다.

그녀가 욕먹는 걸 모르는 게 아니다.

하지만 이런 소리를 함으로써 한국 내 친일 세력이 존재함을 알리고 그들을 위한 후원금을 모집한다는 핑계로 돈을 모으는 것, 그리고 그걸 자신들이 쓰는 것이 그들의 궁극적인 목적이었다.

애초에 민족 개조론 같은 말도 안 되는 논리가 먹힐 거라고는 생각도 하지 않았으니까.

하지만 그 말도 안 되는 논리가 현실이 되어 버리면서, 모금은커녕 전 세계적으로 제정신이 아닌 집단으로 취급받고 있으니 그들로서도 당황할 수밖에 없었다.

"하지만 이제 전 그냥 미친년이 되어 버렸다고요!"

"끄응…….."

저명인사가 아니라 그냥 미친년이 되어 버린 이상, 일본도 더 이상 미화원을 그렇게 써먹지는 못한다.

당연히 후원금도 들어오지 않는다.

개개인의 소규모 금액은 모르지만, 정작 큰돈이 되는 거대 기업 입장에서는 후원해 줬다가는 패륜 기업으로 찍혀 버릴 수밖에 없는 상황이니까.

그들이 과거의 범죄를 부정하는 것은 사실이지만, 그렇다고 미래의 범죄까지 옹호할 수는 없는 노릇 아닌가?

"도대체 그 미친놈한테 돈을 준 게 누군지 모르겠습니다. 하지만 일단 저희는 그와 상관없다는 것을 말씀드리고 싶습니다."

"이러면 곤란해요. 나는 지금 해직당하게 생겼는데."

"저희가 드린 돈으로 어떻게 안 됩니까?"

"그걸로 해결될 문제라면 이렇게 고생 안 하죠. 아무래도 돈을 더 먹여 봐야겠어요."

"하지만 저희도 예산이……."

"대동에 요구해 봐요. 그쪽은 예산 잘 준다고 소문났던데."

그런 이야기를 하던 순간이었다.

갑자기 그들이 이야기하는 테이블로 그림자가 졌다.

"아이고, 늦었습니다. 죄송합니다."

"네?"

"기다리셨지요? 저도 급하게 연락을 받아서요."

"누구……세요?"

물어보던 미화원은 남자의 얼굴을 보고 얼굴을 와락 찡그렸다.

"여기가 어디라고 당신이 들어와!"

"네?"

"너는……."

"오랜만이네."

"여기는 어떻게 알고 온 거야!"

"무슨 소리야? 나는 약속 잡고 왔지."

"약속? 무슨 약속?"

생각지도 못한 남자의 등장에 당황한 두 사람.

하지만 그 남자, 즉 대일본제국번영회 회장도 당황했다.

만나자고 약속 잡고 나왔는데 두 사람은 전혀 모르는 눈치

였던 것이다.

"너희가 부른 거 아냐?"

"무슨 소리야?"

"난 부른 적 없어."

셋 다 어리둥절해하는 그때, 저 멀리서 손채림이 줌을 최대한 당겨 사진을 찍어 대고 있었다.

일본의 극우파 거두들과 만나는 미화원 교수

간단한 뉴스였다.

하지만 그 반향은 충격적이었다.

그동안 단순히 미친년 취급만 받던 그녀였지만, 그 사진 한 장으로 그녀가 일본의 사주를 받고 움직였음이 증명된 것이다.

"동영상을 찍었어야 하나?"

"그랬으면 더 불리했겠지. 서로 못 알아보는 게 모조리 찍혔을 테니까."

"아, 그런가?"

"그래. 사진의 한계지."

사진은 순간만 잡는다.

그들이 만났다는 걸 증명할 뿐, 그들이 어떤 이야기를 했는지까지는 증명해 주지 못한다.

"이걸로 확실하게 그녀가 일본의 극우 세력으로부터 지원을 받고 있다는 것을 증명할 수 있어."

"그리고 일본의 돈을 받는다는 것은 죄악시되는 거고?"

"그렇지."

노형진은 씩 웃으면서 강천호 감독을 바라보았다.

"촬영 준비는 끝났나요?"

"끝나기는 했습니다만…… 좀 무섭네요."

"네?"

"진실을 추적하는 게 제 일인데……."

"제가 한 일에 진실이 없나요?"

"그건……."

물론 노형진이 한 행동은 거짓이다.

하지만 그녀가 했던 모든 말은 진실이다.

"사이트를 만든 건 그녀가 아니잖습니까?"

"네, 그 사이트는 그 사람이 만든 게 아니죠."

"그런데……."

"그래서, 제가 그녀가 사이트를 만들었다고 이야기한 적 있나요?"

"그건…… 아니죠."

노형진은 그 사이트를 만든 사람이 누구인지, 속인 적이 없다.

해당 사이트 메인 화면 하단에 떳떳하게 개설자 이름까지 적어 놨다.

그녀가 했던 말을 전면에 박아 놓긴 했지만.

"전 거짓말한 적 없습니다."

"어…… 그러네요."

강천호는 왠지 기가 막혔다.

지난 며칠간 이걸 넣어야 하나 말아야 하나 엄청나게 고민했다. 진실을 추구하는 자신이 조작된 영상을 넣을 수는 없으니까.

"영화에서 대놓고 제삼자가 만든 거라고 할 수 있겠네요."

"네."

그러면 문제 될 것은 없다.

"법이라는 게, 아 다르고 어 다르죠, 후후후."

만인 그녀가 만들었다고 하면 명예훼손이지만, 그녀가 만든 게 아니라고 하면 그건 명예훼손이 아니다.

그녀가 한 말은, 애초에 그녀가 언론에 한 말인 만큼 명예훼손이 될 수도 없고.

"에이, 괜히 고민했네."

머리를 북북 긁는 강천호.

"중요한 건 그게 아니죠. 결국 이건 사람들을 이끌어 오는 미끼 같은 거니까요."

"하긴, 맞네요."

"그래서 이야기는 다 끝났나요?"

"다 끝났습니다."

일본의 극우 세력에게서 들어오는 막대한 후원금.

그 후원금을 내는 수많은 기업들.

'그리고 그중에서 1등은 누가 뭐라고 해도 대동이지.'

그 부분에 대해 집중적으로 파고들 것이다.

※

"저희는 몰랐습니다."

인터뷰를 하는 부모는 당혹감을 감추지 못했다.

"제 아들이 머리가 좋다는 소리는 들었지요. 하지만 아무래도 돈이 없어서, 공부시키는 데 한계가 있어서……."

중학교 2학년이 벌써 대학 수준의 이공학 문제를 풀고 있다, 그것도 취미 삼아서.

"그런데 후원해 준다고 해서, 저희는 고맙게 받아들였지요."

"그런데 이상한 점은 없었나요?"

"이상한 점요? 전혀요. 어떤 요구를 하거나 한 것도 없어서……."

'아직은이겠지.'

뒤에서 듣고 있던 노형진은 조용히 속으로 생각했다.

중학생, 어린아이.

그런 아이를 부모에게서 섣불리 떼어 놓을 수는 없다.

"다만 일본의 주요 독지가가 주는 돈이라고 들었습니다."

"아무런 조건도 없다고요?"

강천호는 그 말을 듣고 고개를 갸웃했다.

노형진에게 듣기로는 그런 곳은 없다고 했다.

그렇다면⋯⋯.

'아, 착각할 수 있다고 했지.'

저쪽에서는 조건을 내건 것인데 이쪽은 호의로 받아들였을 가능성도 존재한다.

"혹시 일본으로 공부시키러 보내라고 하지 않던가요?"

"일본?"

"네."

"아, 맞습니다. 고맙게도 일본의 대학에서 전문적인 교육을 시켜 준다고 했습니다."

예상대로였다. 대학 등록금조차 고민해야 하는 집안이니, 일본의 유명 대학에 다니게 해 준다는 것을 조건이 아닌 호의로 받아들였던 것이다.

"그게 달리 목적이 있는 제안일 거라는 생각은 안 해 보셨나요?"

"목적?"

"그렇습니다. 일종의 세뇌 작업이 이루어지고 있지요."

"그게 무슨……?"

그들은 당황했다. 세뇌라니? 이해가 가지 않았다.

"그…… 그럴 리가요. 그쪽에서 무슨 세뇌를…….."

"증거가 있습니다."

"증거가 있다고요?"

"네, 그곳에서 탈출하신 분이 있지요."

대동을 배신한 임하연. 그녀는 대동에서 버려진 후, 분노에 휩싸여 대룡으로 넘어왔다.

―제가 그들을 만난 건 중학교 때였어요. 저희 어머니는…….

그녀가 담담하게 이야기하는 영상을 보면서, 부모는 당황해서 입을 쩍 벌렸다.

"지금 여러분 상황과 비슷한가요?"

"너…… 너무 똑같네요."

중학교 때부터 지원해 주기 시작했고, 고등학교 때쯤부터 자주 일본으로 여행시켜 주면서 일본의 우수성을 찬양한다.

그리고 대학은 일본에서 다니게 하고, 그동안 전폭적인 지원과 함께 세뇌 작업을 진행한다.

만일 일본의 대학을 가지 못하는 경우, 한국에 만들어 둔 장학회를 통해 세뇌 작업을 지속하는데…….

"장학회 이름이 신풍장학회 맞지요?"

"……."

부모는 아무런 말도 하지 못했다.

인정하고 싶지 않았던 것이다.

"아들이 일본에 관심을 많이 보이지 않던가요?"

"네……."

지원의 조건은, 주기적으로 신풍장학회에서 여는 행사에 참가하는 것.

"그게 시작입니다."

온갖 좋은 면을 보여 주며 일본에 관심을 갖게 하고, 그 후에 일본으로 와서 공부할 수 있는 바탕을 만들어 주는 것.

"이런 말도 안 되는 일이……."

"정치에 말이 안 되는 일은 없습니다."

노형진은 씁쓸하게 말했다.

"두 분은 아이가 성공하기를 바라지요? 그건 그들도 마찬가지입니다. 다만 다른 건, 그들이 바라는 성공은 아이가 일본에 충성하는 거라는 거죠."

"……."

"한국은 기본적으로 반일 감정이 강합니다. 대부분의 아이들은 그걸 배울 수밖에 없지요."

물론 취업하기 위해 일본으로 간다거나 공부하러 가기 위해 일본으로 가는 것은 문제가 안 된다.

그건 딱히 매국 행위도 아니고.

"하지만 우호적인 감정을 가진 아이가 일본에서 배움을 시작하면 세뇌되기 쉽습니다."

"그러면 지금은……?"

"반일 감정을 없애는 시기죠."

중학교, 고등학교 학생이 공부에 들어가는 돈이 많아 봐야 얼마나 되겠는가? 더군다나 천재라고 불리는 아이들은 조금만 가르쳐 줘도 잘 알아듣는다.

"고마움이라는 형태로 일본에 우호적인 감정을 만들어 주는 겁니다."

"이런……."

물론 반일 감정이 무조건 좋은 거라는 것은 아니다.

사실 반일 감정이 너무 심해서 도움이 안 되는 선택을 하는 경우도 있을 수 있으니까.

"하지만 그런 감정이 심해지면, 나중에는 우선순위가 일본이 됩니다, 한국이 아니라."

"……."

이런 천재가 한국을 떠나서 일본으로 가도 문제다.

대동 입장에서는 그냥 자신들에게 취업해도 문제가 안 된다.

'얼마나 많은 공무원이 있는지는…….'

다른 기업이라면 족히 4년은 걸리는 허가가 1년이면 나오고, 온갖 규제가 사라지고, 심지어 기업의 이익을 위해 군사 공항까지 옮겨 주는 수준의 충성.

'과연……'

노형진은 자신도 모르게 부르르 떨었다. 그리고 현 대통령 역시 일본에서 공부한, 소위 천재류에 속하는 사람이다.

"그러면 이 인터뷰를 제가 써도 될까요?"

"그건……"

"걱정하지 마세요. 모자이크 처리하겠습니다. 그래서 옷도 다 갈아입으라고 말씀드린 거고요."

"네?"

맨 처음에 인터뷰하러 낮선 장소에 왔을 때 옷까지 갈아입으라고 해서 당황했던 부모들은, 탄성을 내질렀다.

"지금 상황은 분위기가 안 좋지요. 이 상황에서 여러분의 신분이 드러나면 아마 아이가 왕따를 당할 겁니다."

그래서 사무실을 빌려서 하는 거다. 집에서 하면 그들의 모습이 드러나니까.

"혹시 옷도 자주 입으시는 옷이면, 그걸 보고 알아보는 사람이 있을 수 있으니까요."

하지만 이 옷은 여기서 제공한 것이다. 그러니 이들을 모자이크 처리하면 누구도 알아차리지 못할 것이다.

"그러면 이만 가시면 됩니다. 다음 인터뷰가 있어서요."

"저기, 진짜 우리 신분은 감춰 주는 거죠?"

"네."

노형진은 고개를 끄덕거렸다.

그들이 가자, 구석에서 지켜보고 있던 손채림이 침을 꿀꺽 삼켰다.

"진짜 어려서부터 관리하네."

"집요하기로는 일본인 따라갈 사람들이 없지."

노형진은 고개를 흔들었다.

"하지만 이번에는 내가 이길 거야."

그리고 언젠가 당한 그대로 역습하겠다고, 노형진은 속으로 다짐했다.

⚖

다큐멘터리영화 〈21세기의 친일파〉는 어마어마한 반향을 일으켰다.

사실 촬영 기간은 길지 않다. 고작 두 달.

대룡의 막대한 지원으로 인해 부족함 없이 빠르게 진행되었으니까.

노형진이 사전에 터트린 일로 인해 반일 감정이 극도로 치달아 있는 상황에서 나온 영화라, 영화관은 매 상영마다 매진될 정도로 꽉꽉 찼다.

"영화라……. 이건 생각 못 했는데."

유민택은 혀를 끌끌 찼다. 자신을 도와줄 방법으로 영화를 언급했을 때, 무슨 소리인가 했다. 차라리 인터넷 방송에서 프로그램을 만드는 게 어떤가 하는 생각도 했는데 이런 영화를 찍어 버리다니.

"문화 산업은 생각보다 영향력이 강합니다. 독재자들이 괜히 심심해서 문화를 탄압하는 게 아닙니다."

"하긴, 그렇지."

전 세계 독재자들은 대부분 문화를 싫어한다.

당장 자유라는 주제만 생각해도, 그 주제에 대해 통제하면 만들어지는 영화의 60%는 상영이 불가능해질 테니까.

"물론 방송용 프로로 만들면 지속적인 노출도 가능하겠지요. 하지만 사람들에게는 피로도라는 게 있습니다. 같은 이야기를 계속하면 당연한 이야기인 줄 알고 어느 순간부터 신경 쓰지 않게 되는 거죠."

"그래서 영화인가?"

"네, 임팩트를 한번 제대로 주고 나면 작은 이야기에도 사람들은 발끈할 테니까요. 그리고 일본에 진출하려면 대룡이 반일본 이미지를 만들지 않는 게 좋지요. 영화가 아닌 다른 프로그램이었다면 결국 대룡이 만들 수밖에 없었을 겁니다."

"일본 진출?"

"안 하시려고요?"

"좀…… 그렇군. 일본이 진출하기 쉬운 시장도 아니고."

일본은 자국 물건에 대한 우호도가 절대적이다.

오죽하면 미국 쌀이 들어갔을 때 아무리 싸도 안 팔려서,

정치인이 미국 쌀 좀 사 달라고 할 정도였다.

"그건 나중에 이야기하지요. 하지만 저는 당하기만 하는 타입이 아니라서요, 후후후."

"그건 그렇지. 그나저나 영화 덕분에 돈 좀 만지는군."

"그 정도 돈이면 학교를 세우고도 남지요?"

"충분하지."

대롱이 가진 영화 체인을 통해 상영이 시작된 영화는, 입소문을 타고 사방으로 퍼져 나갔다.

미화원이 저지른 사건과 노형진이 일본에서 조작한 모집 사건으로 반일 감정이 극도로 심해졌기 때문이다.

"그나저나 지원자가 200만 명이라니, 그 나라도 미쳤군."

"개소리니까요."

"응?"

"파맛 시리얼 사건 같은 거죠. 가해자 입장에서는 장난이니까, 쉽게 접근하고 키득거리는 거죠."

"하지만 피해자 입장에서는 피가 거꾸로 솟는다는 거군."

"정확하십니다."

그게 실행될 가능성은 제로다.

그러니 일본 남자들은 키득거리면서 가입했다.

하지만 당하는 한국 입장에서는, 한국 여성 강간 희망자만 200만 명인 셈.

"그래도 이 다큐가 700만을 찍을 줄은 몰랐는데?"

이것이 법이다

"그건 저도 몰랐습니다."

심지어 상영이 끝난 후에 인터넷으로 무료로 뿌린다고 했음에도 불구하고 돈 주고 본 사람이 700만이다.

"그만큼 사람들이 화가 난 상황이라는 거죠."

"그럴 것 같더군. 일본에서 지원받던 사람들이 거절하고 있는 모양이야."

물론 일부는 끝까지 그 지원을 받겠다고 하는 모양이지만, 대룡이 본격적으로 그들을 지원한다고 하면 아마 벗어날 것이다.

그들을 탓할 수는 없다. 반일 감정보다는 자기 자식의 미래가 더 중요하니까.

"그러면 우리가 학생 모집을 공개하면 되는 건가?"

"준비는 다 끝났나요?"

"그래, 벌써 끝났지."

"그러면 공개하면 안 됩니다."

"뭐? 왜?"

지금까지 한 모든 것이, 일본과 대동이 한국의 미래인 아이들을 세뇌하는 것을 막으려던 것이다.

그런데 공개하지 말라니?

"아까도 말씀드렸지만 우리는 역습을 해야 합니다. 그러기 위해서는 일본에 반하는 행동은 줄여야 하지요. 지금 상황에서 '한국의 인재를 위해 학교를 설립하겠습니다.'라고 하면, 저쪽에서 뭐라고 나올까요?"

"아······."

학교도, 선생님도 모조리 준비되어 있다.

사전에 미리 준비했다는 이야기가 나올 수밖에 없다.

"대동과의 싸움은 한국에서만으로 끝나는 게 아닙니다. 본진을 털어야 끝나지요."

"본진이라······."

유민택은 눈을 찌푸렸다. 자신들과 체급이 다른 대동이기 때문이다.

'하지만 그걸 피할 수도 없겠지.'

본진인 일본이 멀쩡한 이상 그들은 대룡을, 나아가서 한국을 집어삼키기 위해 계속 덤벼들 것이다.

"그러면 어떻게 해야 하나?"

"가면을 써야지요."

"가면? 무슨 가면?"

"미다스라는 가면을 말입니다."

노형진은 씩 미소를 지었다.

다음 권으로 이어집니다

200평 초대형 24시 만화방

수면실
(침대식) — 사우나석

다인석 — 샤워실

세탁기 — 신간100%

📖 수원 인계동점

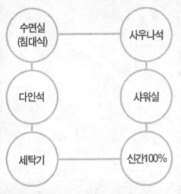

● 나혜석거리   ● 농협

● CGV   ● 수원시청역⑧

무비 사거리

소주한잔
건물
24시 만화방 3F   홍콩반점   홈플러스

TEL : 031-226-3771
수원시 팔달구 인계동 1041-11 3층 24시 만화방

📖 의정부점

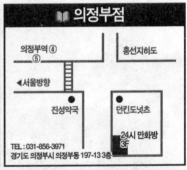

의정부역④
⑤   흥선지하도

◀서울방향

● 진성약국   ● 던킨도넛츠

24시 만화방
3F

TEL : 031-856-3971
경기도 의정부시 의정부동 197-13 3층

📖 주안점

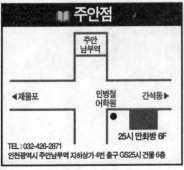

주안
남부역

◀제물포   민병철
어학원   간석동▶

25시 만화방 6F

TEL : 032-426-2871
인천광역시 주안남부역 지하상가 4번 출구 GS25시 건물 6층

📖 안양점

● 안양역   육교

◀관악역   명학역▶

● 농협   24시 만화방
2F
안양일번가

TEL : 031-466-3771
경기도 안양시 안양동 674-163 죠이당구장건물 2층

ROK MEDIA
황룡의 비상
이윤규 대체역사 소설
혼란스러운 조선에
첨단 지식의 참맛을 보여 주다!
201X년, 폭발 사고에 휘말린 이영도 대위
그리고 낯선 곳에서 깨어나는데……
지금이 조선 건국 5년이라고?
화포 제작부터 한글 반포까지
조선 발전을 가속시키는 영도
일본 정벌도 식은 죽 먹기!
조선에서 대한민국까지
역사를 재설계하라!

ROK MEDIA

다보多寶 신무협 장편소설

피도 눈물도 없는 낭인
천하제일 남궁세가 가주가 되다!

반백의 인생을 무림맹의 개 같은 낭인으로 살다
가족을 잃던 흉변의 그 순간으로 회귀한다

"뭐, 일단 가주가 될 수 있을지 증명부터 하라고?"

모용의 자객, 제갈의 간자, 화산의 위협……
어느 하나 만만한 상대가 없다
하지만 이번에는 절대 도망치지 않는다!

내 가족이 흘린 단 한 방울의 피도 잊지 않겠다
하나씩 되갚아 주마!

퍼펙트 라이프

진유호 현대 판타지 장편소설

완벽하게 망가졌던 이 남자, 완벽해져 돌아왔다?
꼴찌 가장 진동수, 인생의 행복을 붙잡아라!

실패한 사업가, 무능한 사원, 가족들에게 무시받는 가장,
그리고…… 담도암 말기
오열하는 모습까지 SNS에 퍼져 전 국민의 비웃음거리가 되고
실패로 점철된 인생이 나락으로 치달은 그 순간,
벼락 한 방에 모든 게 뒤바뀌었다!

사라진 암세포, 강철 체력, 명석해진 두뇌
밑바닥 인생 진동수에게 남은 일은 이제 성공뿐!
그런데 이 능력……
혼자만 잘 먹고 잘 살라는 건 아닌 것 같다?
눈앞의 붉은 선을 따라가면 위험에 빠진 사람들이!

나의 행복도, 남의 안전도 놓치지 않는다!
화랑천 울보남의 국민 영웅 등극기!